# E-Z DICKENS SUPERJUNAK ČETRTA KNJIGA:
## ON ICE (NA LEDU)

**Cathy McGough**

Stratford Living Publishing

Za vsakdanje superjunake.

# Vsebina

„Ne moreš premagati človeka, ki nikoli ne odneha.“


Babe Ruth

# PROLOG

NASLEDNJI DAN JE BIL ŠOLSKI DAN, vendar zaradi bližajočega se konca sveta ne E-Z ne Lia nista nameravala iti v šolo.

„Imam zelo slab občutek,“ je rekla Lia.

Bil je čas za zajtrk in z E-Z sta bila sama. Sam in Samantha sta še vedno spala, prav tako dvojčka Jack in Jill.

„Kakšen slab občutek?“ je vprašal in si z žlico v usta natrosil še več kosmičev.

„Veš, sinoči, ko se mi je zdelo, da sem nekaj slišala?“

„Ja, ampak si rekel, da je bil to lažni alarm. Da so zvoki izginili in da se je vse vrnilo v normalno stanje.“

„Bilo je in ni bilo. To je težko razložiti. Slišal sem, da me Rosalie kliče, potem pa je prenehala. Ni več poskusila, zato sem mislil, da je vse v redu. Zdaj pa sem zaskrbljena, ker sem jo poskušala priklicati in je nisem mogla. Ni se odzvala na nobeno od mojih sporočil. Mislim, da bi morala iti in jo preveriti. Za vsak primer. To mi bo olajšalo misli, če bom vedela. Sicer danes ne bom mogel ničesar postoriti."

„Morda spi? Ali pa se ji je izpraznila baterija telefona." Dopil je kozarec pomarančnega soka in se umaknil od mize. Posodo je odložil v pomivalni stroj.

„Morda. Ampak še vedno bi jo rad videl."

„Pojdiva jo obiskat, da te pomirim," je rekel, ko je poklical taksi. „Upam, da naju bodo spustili noter. Navsezadnje nismo sorodniki."

Odpravila sta se na pot čez mesto in na recepciji vprašala za Rosalie. Ženska je vprašala: „Ali ste sorodniki?" Oba sta odgovorila, da nista. „Usedite se, prosim," je rekla.

„Glej," je zašepetala Lia. „Videti je bila previdna. Kot da nekaj skriva."

„Ja, tudi jaz sem to videla. Morda pa si to domišljamo, ker nas skrbi za Rosalie. Vse, kar lahko storimo, je, da počakamo in se poskušamo zaposliti. Tukaj smo in se ne bomo premaknili, dokler ne bomo videli, da je z njo vse v redu."

Trideset minut pozneje so še vedno čakali in postajali vse bolj nemirni.

Lia je vstala. „Ne morem več čakati."

E-Z je rekel: „Vau! Počakajte trenutek.“ Spet se je usedla nazaj. „Dajmo temu še trideset minut, preden se bomo spravili nanje.“

„Kaj to pomeni, da se bodo razjezili?“ Lia je vprašala.

„Vedno znova pozabim, da nisi od tu. To pomeni, da se nečesa lotiš z vsemi puškami. Kot zadnjo možnost. To je seveda besedna igra. Čeprav so jo nekateri poštni uslužbenci razumeli dobesedno.“

„Če bi bili odrasli, bi se z nami že pogovarjali. Včasih sovražim biti otrok.“

„Ima svoje prednosti,“ je dejal E-Z. „Poskusi igrati igro na telefonu ali brati knjigo. S tem si boš krajšal čas in če bomo potrpežljivi, nam bodo bolj pomagali.“

„Želim si, da bi s seboj prinesel slušalke. Lahko bi poslušala nove skladbe Taylor Swift.“

„Tukaj,“ je rekel. „Lahko si izposodiš moje.“

Minilo je še trideset minut in E-Z se je mirno vrnil k pultu. Lia je ostala zadaj in poslušala glasbo. Ozrl se je nazaj. Imela je zaprte oči. Sploh ni opazila, da ga ni več.

„Je kaj znano, kdaj bomo lahko videli Rosalie?“ je vprašal.

„Oprostite, nekdo bo prišel k vam. Ve, da te čaka tukaj.“ Ženska je kliknila na tipkovnico. Ko se E-Z ni premaknil, ga je še drugič poskusila spodbuditi k temu. „Pogovarjala sem se osebno s svojim vodjo. Prišla bo ven, da se pogovori z vami takoj, ko bo to mogoče. Prosim, pridružite se svojemu prijatelju." Z roko je pomahala v smeri Lije, ki je bila zaposlena s svojim telefonom.

E-Z se je nejevoljno vrnil k Lii. Opazoval je, kako so se ljudje vrteli naokoli. Nekateri so bili prebivalci, ki so potiskali hodulje. Nekaj jih je bilo v invalidskih vozičkih, ki so jih potiskali spremljevalci, medtem ko so drugi sami brenkali s kolesi. Večina stanovalcev se je nasmehnila v njegovo smer, nekaj jih je pomahalo. Spraševal se je, koliko med njimi je imelo redne obiskovalce. Upal je, da jih je večina.

Ko so se vrata odpirala in zapirala, ga je v nosnicah dosegel vonj po kosilu in v želodcu mu je zaškripalo. Spraševal se je, kakšne dobrote so danes jedli stanovalci. Morda ribe s krompirčkom. Morda malo pite a la mode. Ko mu je Lia vrnila slušalke, si je zaželel, da bi pojedel večji zajtrk.

„Si imel srečo s pospeševanjem? Hladen sem!"

„Jaz tudi, a ne zares. Rekla je, da bo vodja kmalu pri nas, vendar ne razumem, zakaj Rosalie preprosto ne pride ven in nas ne pogleda sama. V čem je težava?"

„Ne čutim njene prisotnosti tukaj," je rekla Lia. „Zdi se, kot da bi bili odklopljeni. Glasba mi je za nekaj časa pomagala odvrniti pozornost, zdaj pa spet razmišljam o njej in sem lačna. To ni dobra kombinacija."

„Slišim te," je rekel E-Z, ko je k njima stopila visoka ženska z identifikacijsko značko generalnega direktorja in se predstavila.

„Ime mi je Eleanor Wilkinson in sem tukajšnja generalna direktorica." Stisnila jima je roko. „Razumem, da sta prijatelja z Rosalie. Ste jo že kdaj obiskali tukaj?"

„Ne, še nisva bili tukaj," je rekla Lia. „Toda sva njeni prijateljici, tesni prijateljici. In skrbi naju za njo. Ni se odzvala na moja sporočila ali dvignila telefona."

Gospa Wilkinson je rekla: „Žal mi je, da vam moram povedati, vendar je Rosalie umrla nekje ponoči. Čakamo, da pridejo njeni najbližji sorodniki. Ne živijo v bližini.

„Opravičujem se, ker ste tako dolgo čakali. Vendar sem se moral z njimi pogovoriti, preden sem govoril z vami. Razumete. Imamo pravila, ki jih moramo upoštevati."

Lia je padla nazaj na stol in zajokala, E-Z pa je vzel njeno roko v svojo in nekaj sekund sta tiho sedela, preden je vprašal: „Kaj se ji je zgodilo?“

„To preiskujemo,“ je rekel Wilkinson. „Žal vam ne morem povedati ničesar več. Razen če ste družina. Žal mi je za vašo izgubo.“

„Zame je pomenila svet,“ je dejala Lia.

„Kako ste jo spoznali?“ Wilkinson je vprašal. „Bila je odlična gospa. Vsi so jo imeli radi.“ ‚Spoznala sva se prek prijatelja,‘ se je zlagala Lia.

„Zanimivo,“ je rekel Wilkinson, “glede na vašo starostno razliko.“

„Hočete reči, ker sem jaz otrok, ona pa ne? Mislim, da ni bila,“ je jezno vprašala Lia. Vstala je.

„Oprosti, nisem te hotela vznemiriti. Seveda bi veliko tukajšnjih stanovalcev z veseljem imelo prijatelje, s katerimi bi se lahko pogovarjali. Zlasti otroci z zanimanjem, kot ste vi, ki bi jim lahko v živo pripovedovali svoje zgodbe. Tako ne bodo pozabljeni, ko bodo odšli.“

„Rosalie se bomo vedno spominjali,“ je dejal E-Z.

„Ali jo lahko vidimo, da se poslovimo?“ Lia je vprašala.

„Bojim se, da to ne pride v poštev. Imamo določene postopke. Toda če nam na recepciji pustite svoje podatke in telefonsko številko, vas lahko pokličemo. Sporočili vam bomo, kdaj bosta obisk in pogreb.“

E-Z je na recepciji pustil svojo telefonsko številko. Že so se hoteli vkrcati v taksi, ko se je spomnil na knjigo.

„Počakajte tukaj,“ je rekel. „Takoj se vrnem.“

Približal se je recepciji.

„Žal mi je, vendar se ne moremo sprijazniti s smrtjo naše prijateljice Rosalie. Ne, dokler je ne bo videl vsaj eden od nas. Gospa Wilkinson je rekla, da ne smemo vstopiti, toda ali lahko le skočim v sobo? Ne bi ostala dolgo. Torej lahko prijatelju povem, da sem videl Rosalie, in potrdim, da je ni več med nami? Preživela je toliko, ko je izgubila oči in vse ostalo. To bi ji olajšalo misli, če bi ji to zagotovo povedal nekdo, ki ga pozna in mu zaupa.“

„Ah, uboga mala stvar. Razumem jo. Pojdi z mano,“ je rekla ženska. Ko je bila na drugi strani mize, je prosila kolega, naj jo nadomešča. „Takoj se bom vrnila,“ je rekla.

E-Z ji je sledil v osrčje domovanja za starejše občane. Bilo je svetlo, ne depresivno, kot je slišal, da so tovrstni domovi lahko, vendar zelo tiho. Verjetno zato, ker so vsi uživali v kosilu v jedilnici. V želodcu mu je spet zaškripalo.

„Vsi so v jedilnici," je rekla ženska, kot da bi vedela, o čem razmišlja. „Danes je dan ribe in čipsa z rdečim želejem in prelivom iz stepene smetane za popoldne. Izjemno priljubljen obrok, pri katerem si vsi želijo sodelovati. Kakršen koli drug dan bi bilo nemogoče, da bi vas spustili noter, ker bi bilo preveč ljudi."

„To zagotovo lepo diši," je rekel E-Z. „In hvala za tvojo pomoč, res jo cenim."

Ustavila se je in odprla vrata.

„To je Rosalijina soba. Jaz bom počakala tukaj. Če me kdo opazi, imaš dve minuti ali manj."

„Še enkrat hvala," je rekel E-Z, ko so se za njim zaprla vrata. Vonj je bil čuden, kot da bi bil v sobi ogenj. Ozrl se je po sobi in poiskal kamere. Kolikor je vedel, jih ni bilo.

Pod belo rjuho je bil njun prijatelj pokrit od glave do peta. Približal se je in se boril z željo, da bi pobegnil, vendar je moral vedeti zagotovo, da bi se prepričal na lastne oči. Odgrnil je rjuho in opazoval, kako je kot duh padla na tla.

Takoj ga je v nosnicah prešinil vonj. Kot po žaru. Ožgano meso. In videl je Rosalijino roko, ki je visela navzdol, prekrita z opeklinami in mehurji. Kaj se ji je zgodilo? Kdo in zakaj ji je storil to grozno stvar?

Odrinil je stol in se ozrl po sobi, ki je bila brezhibna in brez znakov požara. Tu se to ni moglo zgoditi. Če ne, potem kje? Ali so jo potem preselili v to sobo?

Ženska na vratih je potrkala. „Prosim, pohitite!" je rekla.

Odprl je predal njene nočne omarice. Tam je bil. Knjiga, o kateri jim je povedala Rosalie. Tista, v katero je zapisala podatke o drugih otrocih.

„Čas je potekel," je rekla ženska.

E-Z si je knjigo zatlačil za hrbet. Pritisnil je na gumb, da so se vrata odprla, in vrnili so se na recepcijo.

„Hvala," je rekel. „Od mojega prijatelja in mene. Dali ste nama mir. Prosim, sporočite nama, kdaj bosta pogreb in obisk. Oh, še nekaj, opazil sem, da je imela na telesu opekline. Ali so bili v požaru poškodovani še kakšni drugi stanovalci?"

„O moj," je rekla ženska. „Ne vem. Nisem slišala ničesar o požaru. Nisem videla trupla; mislim na Rosalie. Povedali so mi le, da je umrla. O podrobnostih ne vem ničesar."

„Vse je v redu," ji je zagotovil E-Z. „Ničesar ne bom povedala. Cenim vse, kar si naredila. Hvala."

„Tukaj ni bilo nobenega požara," je rekla. „Po mojem vedenju se ni sprožil noben alarm. Niso poklicali nobenega gasilskega vozila. Jaz. O moj."

E-Z je pomahal in se odmaknil od pulta. Ženska je še vedno govorila sama s seboj. Ugotovil je, da je najbolje, da se umakne od tam.

Voznik je pomagal E-Z-u, da se je usedel na zadnji sedež poleg čakajoče Lia, nato pa je njegov invalidski voziček pospravil v prtljažnik vozila.

„To je trajalo celo večnost," se je pritožila Lia. „Kaj je to?"

Poskušala je zgrabiti knjigo, vendar jo je E-Z držal v roki. Opazil je, da je bila pristojbina na števcu že več denarja, kot ga je imel pri sebi.

„To ni bilo mogoče pomagati. Prikradel sem se k Rosalie. In zgrabil sem to. To je knjiga, o kateri nam je pripovedovala. Preverila jo bova, ko bova doma." Šepnil je: „Ali imaš kaj denarja?"

Med njima ni bilo dovolj denarja, da bi pokrila stroške taksija.

„Morala boš prositi mamo ali strica Sama, da nama pomagata," je rekel, ko se je voznik ustavil pri hiši.

Voznik je pomagal E-Z-ju, da se je vrnil na stol, Lia pa je stekla v notranjost. Ven je prišla z dovolj denarja, da je lahko pokrila stroške prevoza, in voznik se je odpeljal.

„Sam mi je dal denar.“

„Je vprašal, za kaj je namenjen?“

„Ne, vendar pričakujem, da bo vprašal.“

V notranjosti sta se Sam in Samantha vrtela po kuhinji. Poskušala sta v naglici pripraviti zajtrk, medtem ko sta jima dvojčka serenadirala z lačnimi klici.

„Zakaj niste v šoli?“ Sam je vprašal.

„Razložila bom pozneje. Ali lahko pomagamo?“

„Ne, ampak hvala,“ je rekla Samantha. Začela je hraniti Jacka.

Sam je prikimala in se lotila hranjenja Jill.

E-Z in Lia sta odšla v njegovo sobo in zaprla vrata. Alfred je bral časopis.

„Rosalie je mrtva,“ je izdavila Lia, nato pa je padla na kolena in jokala, medtem ko jo je E-Z objel, Alfred pa ji je priskočil na pomoč. Vsi trije so se objeli in jokali, dokler jim ni ostalo več solz.

„Kaj imaš tam?“ Alfred je vprašal.

„Vzela sem knjigo.“

Lia jo je dvignila, nato je vstala in jo držala ob prsih, kot da bi objemala prijateljico, namesto tega je videla vse. Rosalie v Beli sobi. Furije v Beli sobi z njo. Goreče knjige. Padajoče police. Ogenj povsod.

Lia je padla na kolena.

„Bila je tako pogumna. Tako zelo pogumna.“

„Si videla ogenj?“ E-Z je vprašal. „Kaj se je zgodilo?“

„Ste vedeli za požar?“

Prikimal je.

„Zakaj mi nisi povedal?“ Odgovor na to vprašanje je že poznala. Ščitil jo je pred resnico. „Ko sem se dotaknil knjige, sem videl vse. Rosalie je bila v Beli sobi. In z njo so bile Furije. Želele so, da jim pove o nas in drugih otrocih. Mučile so jo, a se ni vdala.“

„Zakaj nas ni poklicala?“

„Poskušala je. Nisem vedela, da gre za življenje ali smrt. Odšla je, zato sem mislila, da je vse v redu.“

„To ni tvoja krivda,“ je rekel E-Z.

„Umrla je sama, pod knjižnimi policami, ko so okoli nje gorele knjige. Ni si zaslužila takšne smrti. Nihče si ne zasluži takšne smrti.“ Vzlyknila je v svoje roke.

„Uboga Rosalie,“ je rekel. „Lahko bi me poklicala. To je storila že prej. Zakaj me ni poklicala?“

„Ker bi te spravila v nevarnost. Umrla je, ko nas je varovala.“

„Torej so Furije od nje poskušale izvleči naša imena in imena drugih otrok, ona pa se je žrtvovala, da bi nas rešila? Da bi ohranila našo skrivnost. Kako neverjetna ženska je bila Rosalie. Nikoli je ne bomo pozabili - nikoli," je dejal Alfred in se boril s solzami. „Zasluži si medaljo. Častno medaljo."

„Čakajte trenutek, morda so ji preprečili, da bi nas poklicala?" E-Z je rekel.

„Poslala mi je sporočilo SOS, vendar je to storila že prej. Enkrat je to storila, ko jim je v domu zmanjkalo čaja in se je želela izpovedati o tem. Nisem vedel, da ta SOS pomeni, da je njeno življenje v nevarnosti."

„Nisi mogla vedeti. Nihče od nas ne bi mogel. Ne moremo se kriviti." Vsi trije so bili tiho. „Počakajte trenutek, poglejmo si knjigo."

„Je vse, kar nam je rekla, da bo. Popoln seznam s podrobnostmi o vseh otrocih, ki so nam podobni. Hvala bogu, da tega niso dobile v roke Furije!"

„Hej, počakajte trenutek!" E-Z je rekel. „Že sama misel, da so jo mučili, da bi izvedeli podatke o nas in drugih - pomeni, da Furije vedo, da vsi mi obstajamo. To pomeni, da so ti otroci tam zunaj, čisto sami, in da sploh ne vedo, kaj jih čaka!

„Najprej moramo priti do njih. Ker je samo vprašanje časa, kdaj bodo - ne glede na to, kako so izvedele za nas, za njih - ugotovile, kje so.“

„Kaj pa, če je to past, da bi Furije pripeljali naravnost k njim?“ Alfred je vprašal.

„Mislim, da ne vedo, kje nas lahko najdejo, sicer bi bili tukaj, kajne?“ E-Z je vprašal. „Mislim, imeli so element presenečenja. S tem, ko so ubili Rozalijo, so si dali duška. Dali so nam vedeti, da nekaj vedo ... verjetno zato, da bi nam stopili v glavo, ker smo mi glavni.“ „Kaj pa drugi otroci?“ Lia je vprašala. „Kako bomo prišli do njih, ne da bi si sami dali napotek?“

„Hadz? Reiki?“ E-Z je poklical. „Če me slišite, potrebujemo vaš prispevek in vašo pomoč.“

**POP.**

**POP.**

„Ali veste za Rosalie?“ je vprašal.

„Da, vemo, in to je žalostna, žalostna zgodba, ki jo moramo povedati,“ je rekla Hadž in si s krilci obrisala solze. „Mučili so jo v Beli sobi. In če to ni bilo dovolj hudo - popolnoma so jo uničili in vse, kar je bilo v njej. Vseh teh čudovitih, krilatih knjig ni več. Rosalie ni več. Izginila je.“ Zaradi solz ni mogla več govoriti.

„Tako, tako," je rekel Reiki. „In to še ni vse. Ne vemo, kaj se je zgodilo z Rosalijino dušo."

„Počakajte, njeno telo je v postelji v njeni sobi na drugem koncu mesta v domu za starejše. Morda je njena duša tam z njo?" E-Z je vprašal.

Reiki je rekel: „Ali imate kaj zapečatenega, zaprtega, pred zrakom, pred vsem? Če je tako, prosim, pojdite in to takoj prinesite - potem bomo šli pogledat, ali je Rozalijina duša z njo. Prepričali jo bomo, da gre v posodo - začasno - dokler ne ugotovimo, kje je njen lovilec duš. Upam, da ga niso odnesle tiste Furije."

E-Z je odhitel v kuhinjo, kjer sta se Sam in Samantha ukvarjali s hranjenjem dvojčkov. „Ali imamo še vedno tisti veliki termos?"

„Ja, je v omari nad hladilnikom," je rekel Sam in se zazrl v sina.

„Hvala," je rekel E-Z in se odpravil nazaj v svojo sobo. „Bo to dovolj?"

Za prenašanje posode sta bila potrebna oba.

„Počakaj!" Alfred je zaklical, ravno pravočasno, da ju je ujel, preden sta Hadz in Reiki skočila ven. „Morda lahko pomagam? Imam zdravilne moči. Vzemite me s seboj. Naj poskusim. Prosim."

**POP**

**POP**

**FIZZLE**

Vsi trije so izginili in pristali v Rosalijini sobi.

„Tukaj je," je rekel Alfred, skočil na posteljo in pazil, da je ne bi poteptal s svojimi pajčevinastimi nogami. S kljunom je dvignil rjuho, medtem ko sta Hadž in Reiki lebdela v bližini.

*"Kaj bo* naredil? " Reiki je vprašal.

„Pššš," je rekel Hadz.

Alfred je položil kljun na Rosalijino čelo in se z eno od svojih kril dotaknil njenega srca. Nič se ni zgodilo.

„Naj poskusim še kaj drugega," je rekel labod. Tokrat je lebdel nad Rosalijinim telesom in pritisnil čelo ob njeno. Spet nič.

„Poskusil si po svojih najboljših močeh," je rekel Hadz, „zdaj moramo zavarovati njeno dušo. Pridi ven, pridi ven, kjerkoli že si."

In prav tako je Rosalijina duša odplavala proti njim.

„Tu boš na varnem," je rekel Reiki, ko so dušo zvabili v posodo, nato pa pokrov trdno zaprli.

**POP.**

**POP.**

**ZAVREČE.**

„Ste ji lahko pomagali?" Lia je vprašala, vendar je po Alfredovem pogledu že poznala odgovor. „Prepričana sem, da si se potrudil po svojih najboljših močeh." Objokovala ga je.

„Res si se trudil," je rekel Hadz.

„Njena duša je varna, tukaj... nihče je ne sme odpreti. Treba jo je varovati, dokler lovec duš ne bo pripravljen, da jo prevzame."

„Morda bi jo moral imeti pri sebi?" Alfred je rekel. „In hvala, da sem lahko poskusil."

V E-Z-jevi sobi so *trije* oblikovali načrt, kako združiti druge otroke. Odločili so se, da bo E-Z odpotoval v Avstralijo po Lachieja - znanega tudi kot Deček v škatli. Alfred pa bi s krili odpotoval na Japonsko, kjer bi pobral Haruta, dečka, ki so ga zapustili v gozdu. Nazadnje, a ne nazadnje, bi Lia potovala po ZDA, da bi pobrala Brandy, deklico, ki lahko ponovno oživi.

Njuni nalogi sta bili jasni, kaj bosta počela, ko bosta prispela tja, pa ne. *Drugi* so bili različnih starosti, različnih kultur in jezikov. Nekateri bi potrebovali dovoljenje svojih staršev, nekateri pa ne.

„Zanima me, kaj jim je Rosalie povedala o nas?" Lia je vprašala.

„Lahko jih vprašamo, ko jih vidimo," je predlagal Alfred.

„Medtem pa moramo spakirati kovčke in načrtovati. Jaz se bom tja odpravil s svojim stolom, vi pa imate druge možnosti. Odločite se, kaj vam najbolj ustreza, in uresničite svoj načrt. Verjamem, da se bosta pravilno odločila, čas pa teče."

„Vesela sem, da si to rekel," je rekla Lia, „ker nisem prepričana, ali si želim tja leteti z letalom. Razmišljam, da bi bila Mala Dorrit najboljša možnost, vendar nisem prepričana, ali bo navdušena nad tem. Odletela bo z enim potnikom, vrnila pa se bo z dvema."

„Tudi jaz nisem prepričan," je rekel Alfred. „Lahko bi letel tja po lastni volji, toda ker je Haruto precej mlad, bi ga moral spremljati na letalu, razen če bi šli z njim tudi njegovi starši. Poleg tega me mora skrbeti slabo vreme - in pot je dolga."

„Kot sem rekel, se odločita, kaj jima najbolj ustreza. Alfred, če se odločita za let z letalom, prosita strica Sama, da za vaju uredi podrobnosti."

Trojka se je pripravila, da bo vse otroke pripeljala skupaj. Potem bodo načrtovali - kako bodo premagali te zlobne Furije. Tudi če bi bil to njihov zadnji načrt, ki so ga kdaj naredili.

# POGLAVJE 1

## AUSTRALIJA

E-Z JE BIL PRVI v ekipi, ki je zapustil Severno Ameriko. Na invalidskem vozičku je letel po nebu in užival v svobodi, ki mu jo je omogočal odprti zrak.

Že sama misel, da bi na letalu spravil svoj invalidski voziček v skladišče, mu je povzročila mrzlico. Kaj če bi se izgubil? Ali uničen? To ni bilo vredno tveganja. Ali bi Batman opustil svoj Batmobil? Nikoli.

Čeprav je bil prepričan, da bi se moral z Lachiejem vrniti z letalom. Ne bi bilo prav, če bi otroka prisilil, da leti sam. Morda bi zanj naredili izjemo in mu dovolili leteti v invalidskem vozičku? To bi bilo vredno vprašati. Ta most bo prečkal, ko bo prišel do njega. Poleg tega ni želel niti pomisliti na letalsko hrano. Hvala bogu, da je imel zdaj s seboj pakirano kosilo.

Z oblaki se je igral dodgeme - in enkrat ali dvakrat šel naravnost skozi njih. Vendar se je moral osredotočiti. Navsezadnje je bila Avstralija na drugi strani sveta.

Rosalijini zapiski o dečku v škatli niso bili tako koristni, kot je upal, da bodo. O njegovi zgodbi je bral na internetu. Najbolj ga je presenetilo, da ima fant zdaj raje živali kot ljudi. Po vsem, kar je doživel, je bilo to smiselno.

Ubogi otrok je bil tako zmeden, ko so ga našli, da je pozabil govoriti. E-Z je vedel, da na svetu obstaja krutost, a to je bilo nekaj nepredstavljivega.

E-Z je imel veliko vprašanj, na katera je upal najti odgovore, na primer, kje so bili Lachiejevi starši? Kdo je hranil in čistil njegovo kletko? Kdo ga je dal vanjo? Zakaj?

V članku je pisalo, da so poslali novinarje, da bi posneli dečka in videli, kako se mu godi, vendar jim živali niso dovolile, da bi se mu približali. Tudi ko so poskušali uporabiti teleobjektiv. Srake so jih napadle in napadle. Ogledal si je nekaj posnetkov napadov strak - bilo je kot iz Hitchcockovega filma *Ptice*. Nazadnje je ena od strak odletela z novinarjevim objektivom. Potem so dečka pustile pri miru.

E-Z je upal, da mu bo uspelo pridobiti fantovo zaupanje. In da mu bodo zaupali tudi njegovi živalski prijatelji. V nasprotnem primeru bi bilo njegovo potovanje nesmiselno. No, ne bi bilo povsem nesmiselno, če bi se z dečkom srečal in pogovoril. Ali bi po tem, kako so ravnali z njim, želel pomagati drugim? To bo pokazal le čas.

Letel je nad Atlantskim oceanom. To pot je že kdaj preletel in na njej je prvič srečal Alfreda. V žepu mu je zavibriral telefon - pogledal je in videl je sporočilo od Lie.

„Želela sem ti sporočiti, da potujem z Little Dorrit.“

„Ste se vendarle odločili, da ne boste leteli z letalom?“

„Mala Dorrit se je pojavila in je na mojem urniku.“

„Sliši se kot načrt.“ Poslal je emoji z dvignjenim palcem.

„Kje si?“ je vprašala.

„Tik nad Atlantikom. Voda, voda in še enkrat voda.“

Odklopila sta se, on pa je pospešil tempo in prečkal Afriko, kjer je zagledal otok Robben - zapor, v katerem so skoraj trideset let zadrževali Nelsona Mandelo.

V želodcu mu je zakrulilo; sendvič v nahrbtniku mu ni bil všeč. Zato se je ustavil v Cape Townu in upal, da bo lahko z bančno kartico dobil nekaj hrane. Opazil je napis za lokal, kjer so prodajali „tradicionalne ribe s čipsom" z britansko zastavo in kjer so sprejemali bančne kartice. Odnesel je pripravljen obrok in odletel na vrh Lion's Head. Ko je pojedel obrok, ki je bil zelo okusen, je naredil selfi in nato nadaljeval pot.

„Zbudite me čez dve uri," je rekel svojemu invalidskemu vozičku, ki je zavibriral in nato pospešil vožnjo. Ko se je ponovno zbudil, je prečkal Indijski ocean. Zaradi ogromne množice zvezd, ki so ga obkrožale, se je nekako počutil manj osamljenega. Potoval je naprej in se počutil zmagoslavno, da je že skoraj tam, ko je na obzorju zagledal sonce, ki se je prebijalo po nebu in naznanjalo nov dan.

Potem je bilo pred njim - opazil je avstralsko obalo. Navdušen, da jo bo videl na lastne oči, je povečal hitrost in se odpravil proti njej. Ker je ugotovil, da je zelo žejen, je segel v nahrbtnik in iz njega potegnil steklenico vode, ki jo je izpraznil. Prazno steklenico je spravil nazaj v nahrbtnik, da bi jo pozneje odvrgel, in čeprav je bil še vedno precej poln ribe in čipsa, ki ju je prej pojedel. Odločil se je, da bo pojedel sendvič s šunko in sirom, ki ga je zapakiral stric Sam.

Letel je nad Zahodno Avstralijo, zdaj je začutil vročino, zato je slekel jopico in jo spravil v nahrbtnik. Nadaljeval je pot v The Outback v Severnem teritoriju in razmišljal, kje točno naj pristane, ko je proti njemu priletela drobna ptica s perjem modrih odtenkov, poudarjenim s črnim obročem okoli vratu.

„Sledi mi, E-Z," je rekla. „Opazovala sem te."

„Uh, kaj si ti?" je vprašal.

„Sem vila vilinka," je rekla. „Pojdi, on čaka."

Spremljala ju je skupina kanje.

„Ne skrbi," je rekla vila. „To so naši spremljevalci."

Opazoval je edinstveno obliko, v kateri so se premikale bele črne črte kanje. Slišal je za poezijo v gibanju, zdaj pa je točno vedel, kaj ta besedna zveza pomeni.

Nato je opazil dečka. Bil je pod njimi in jim mahal. E-Z mu je pomahal nazaj. Razen tega, da je sedel na hrbtu izjemno velike ptice, je bil videti kot vsak drug otrok.

„Dobrodošli v Avstraliji," je rekel. „Kmalu se bo stemnilo, zato mi sledite. Mimogrede, lahko me kličete Lachie."

„Lepo te je spoznati, Lachie! Komaj čakam, da si ogledam še več vaše čudovite dežele. Želim si le, da bi lahko ostal dlje."

„To so gozdovi savane," je dejal deček. „Globoko vdihnite in opazili boste vonj evkaliptusa."

„Da, diši čudovito," je rekel E-Z.

Potovala sta naprej, skozi kamnito deželo, čez poplavne ravnice in billabonge. Končno sta prispela na cilj v Odmaknjencih (The Outliers).

„Tukaj živim," je rekel deček. „Narodni park Kakadu je največji avstralski kopenski narodni park z več kot 20.000 kvadratnimi kilometri površine. Tu živim skupaj z rastlinami in živalmi." Na glavi mu je pristala pravljična vrana. „O, spet si utrujen," je z nasmehom dejal deček. Nato je rekel E-Z: „Pogosto potrebuješ prevoz."

Ko sta prispela na območje, ki je spominjalo na taborišče, je deček rekel: „Dobrodošli v mojem domu."

„Hvala," je rekel E-Z. „Vsekakor bi potreboval tuš ali kopel in moram na stranišče."

„Tam za drevesom sem izkopal stranišče. Tam boš dovolj varen. Potem ti bom pokazal, kje je slap, da se boš lahko očistil."

„Slap, kajne? Ali so v njem krokodili?"

„Tam so krokodili... vendar so navajeni, da uporabljam slap. Če želiš, grem prvič s teboj?"

„Ne, imam krila in moj stol tudi. Odletela bova, če bova slišala kakšen močan pljusk!"

„Dobro," je rekel najmlajši. „Samo lebdi v padajoči vodi - ne pristani - in vse bo v redu. Medtem bom zbral nekaj hrane za večerjo. Če boš potreboval pomoč, samo zakriči in prihitel bom."

Ko se je bližal slapu, je opazil znake - in veliko jih je bilo z napisi NEVARNOST in OPOZORILO. Na enem od njih je pisalo, da so tu slani in sladkovodni krokodili. Joj.

„Na vrh!" je usmeril svoj stol. Šel je naravnost v vodo, z obrazom navzgor, in sedel ter užival, ko je voda padala čezenj in okoli njega. Sprva je bila hladna, a ko se je nanjo navadil, se je počutil dobro.

Ko se je oziral naokoli, je pomislil na emu, na katerem ga je spoznal deček. Zdelo se mu je čudno, da ptica njegove velikosti - s temi ogromnimi krili - ne more leteti. O pticah, ki niso mogle leteti, je bral na spletu. Presenečen je bil, ko je na seznamu poleg emuja, pštrosa, pingvina, kasuarja in reje videl tudi kivi. Na spletu je prebral, da se je DNK ratitov spremenila, zato zdaj ne morejo leteti. Počutil se je malce krivega, ker je on, deček, lahko letel, te čudovite ptice pa ne.

Ko je bil čist in oblečen v nova oblačila, se je vrnil k dečku, ki je zavzeto pripravljal njihov obrok.

„To je slivovec."

E-Z je ugriznil. Okus je bil neverjeten.

„To je jabolko iz rdečega grma, to pa je črni ribez."

E-Z je pojedel vse in vse mu je bilo všeč.

„To je bila naša sladica, zdaj moram pripraviti glavno jed." Deček je kopal in kopal, nato pa prišel do lonca, ki je bil prevroč, da bi ga lahko obvladal. Ko je s palico odstranil pokrov, se je E-Z-u v ustih zaslišal vonj tistega, kar je skuhal.

„To so školjke," je rekel deček in jih nekaj položil na list.

„Res so dobre. Še nikoli nisem poskusil školjk."

Sonce je padalo z neba. „Čas je za spanje," je rekel deček.

„Še enkrat hvala, ker sem se počutil tako dobrodošlega." E-Z je zijal. Do takrat se ni zavedal, kako dolgo je že buden.

„Spal boš tam zgoraj," je pokazal navzgor, na drevo, na katerem je bila hišica in vrvna lestev, ki je vodila navzdol. „Lahko poletiš gor in si zategneš zavoro, da se ne boš premikal v spanju. Moja soba je tamle," je pokazal na drugo drevo z vrvjo, ki je vodila navzdol, in hišico na vrhu.

„Zdaj spi," je rekel Lachie. „Zjutraj bomo vse ugotovili.

# POGLAVJE 2
## JAPONSKA

**A**LFREDA BI LAHKO E-Z ODLOŽIL na poti v Avstralijo. Namesto tega se je odločil, da bo letel na tradicionalen človeški način - z letalom.

Sam se je moral kar nekaj pogajati, da je letalsko družbo prepričal, da je labodu trobentaču dodelila sedež. Kaj šele sedež v prvem razredu. Sam je uporabil svoje zveze v službi, da je Alfredu pomagal, da je potoval v velikem slogu.

Alfred se je v potniški kabini s slušalkami in metuljčkom za srečo počutil kot doma. Bil je sproščen, oskrbnik kabine pa pozoren. Kljub temu je komaj čakal, da prispe na Japonsko. In da bi spoznal fanta z imenom Haruto.

Alfred je imel svoj nahrbtnik spravljen v bližini, v njem pa nekaj prigrizkov. Počakal je, da je bil res lačen, preden se je zakopal v vrečke divjega riža in divje zelene. Poleg hrane je imel rezervno baterijo za telefon in Samovo kreditno kartico s soglasjem, da jo lahko uporablja.

Medtem ko je gledal skozi okno, ko so mimo njega leteli oblaki, je razmišljal o Harutu. Glede na Rosalijine zapiske je bil veliko mlajši od drugih otrok. In ni imela pojma, kakšne so njegove moči - če bi jih imel.

Alfredov načrt je bil, da bo vse najprej razložil Harutovim staršem in jih, upajmo, pritegnil k sodelovanju. Nato naj bi podrobneje razložil, kako bi Haruto lahko pomagal, ko bi potrdil svoje strokovno področje, tj. kakšne moči ima.

Najtežje bi jih bilo prepričati, da dovolijo svojemu mlademu sinu potovati v tujino. Plačilo ni bila težava - Sam je rekel, da naj za to uporabi svojo kreditno kartico. Toda prepričati ju, da se strinjata, da bo labod njunega otroka odpeljal v Severno Ameriko, zdaj bi ju bilo treba kar nekaj prepričevati.

Naslonil se je nazaj na sedež in ta se je nagnil.

„Želite kaj?" ga je vprašala simpatična spremljevalka.

Še dobro, da so ga ljudje zdaj razumeli. To mu je zelo olajšalo življenje, saj ni potreboval prevajalca.

„Skodelica čaja bi prišla prav," je rekel Alfred. „V skodelici," je dodal. „Ta kljun je težko spraviti v skodelico."

Spremljevalec se je nasmehnil. Čez nekaj trenutkov se je vrnila s skledo, čajno vrečko, sladkorjem, mlekom in še eno skledo hladnejše vode. „V primeru, da je čaj prevroč," je rekla.

„Zelo skrbno," je dejal Alfred.

Pustil je, da se čaj ohladi, in še naprej gledal skozi okno. Tako lepo je bilo sedeti in uživati v razgledu. Brez skrbi zaradi velikih sunkov vetra, snega, dežja ali plenilcev.

Nazadnje je popil čaj z malo mleka in sladkorja, nato pa si je oddahnil.

Zbudil se je ob obvestilu, da stevardese pripravljajo potnike na pristanek. Ves let je prespal!

Skozi okno se mu je odprl pogled na letališče Haneda. Okoli njega je videl veliko sveže trave, ki jo je lahko pojedel. Nekaj je poskusil, riž in zeleno pa je prihranil za pozneje.

Še dlje se je videl obris najvišje gore na Japonskem - gore Fudži. Sam je imel prav, saj je bilo sedenje na levi strani letala najboljši kraj za ogled tako imenovanega srca Japonske.

„Ali ste vedeli, da je v petem nadstropju razgledna ploščad? Od tam boste morda imeli boljši pogled na goro Fudži," je rekla stevardesa Alfredu.

„Želel bi si, da bi imel več časa, vendar se vam zahvaljujem. Morda na poti nazaj."

Spremljevalci so mu dovolili, da prvi zapusti letalo. Postavili so se v vrsto, da bi se od njega poslovili, kot da bi bil rock zvezda.

Ker je imel Alfred samo ročno torbo in ker labodi ne izpolnjujejo pogojev za potne liste, se je odpravil z letališča in poiskal taksi.

Pred potovanjem je na spletu poiskal, kako najeti taksi na Japonskem. V informacijah je pisalo, da mora poiskati rdečo nalepko v spodnjem desnem kotu vetrobranskega stekla taksija. Ta rdeča nalepka je potrjevala, da je taksi na voljo za najem.

Ko je našel taksi z nalepko, je bil zelo vesel. Priletel je do odprtega okna in vozniku s kljunom dal bankovec. Na listku je bilo navedeno, kam mora iti. Voznik je bil prijazen in ga ni motilo, da je prevažal labodjega potnika. Na volanu je pritisnil na gumb, ki je odprl zadnja vrata, da je Alfred lahko vstopil. Voznik je zaprl vrata in odpeljala sta se.

Haruto in njegova družina so živeli v drugem največjem japonskem mestu Jokohama. Čeprav si je skušal ogledati znamenitosti, vključno s panoramo, je Alfred razmišljal le o tem, kako bo prepričal Haruta in njegovo družino, da se vključijo v njihov boj proti Furiji.

Telefon v njegovem nahrbtniku je zavibriral. Segel je vanj; bilo je sporočilo od E-Z.

„Z Lachiejem. Kako ti gre na Japonskem?"

Tipkal je s kljunom, kar se je naučil sam, ko je sam potoval na Japonsko. Bil je tudi hiter in ni naredil veliko napak.

„S taksijem sem že skoraj v Jokohami. Upam, da bom kmalu prispel do Harutove hiše."

E-Z mu je poslal emotikon z dvignjenim palcem.

Alfredov sin je rad izdeloval robote Gundam. V Jokohami so gradili velikanskega robota. Ko bo dokončan, bo visok 59 čevljev, je odkril, ko je o tem bral na spletu. Njegov sin bi z veseljem obiskal Japonsko, da bi si ga ogledal. Odkar sta umrla, je Alfred poskušal ne misliti nanju, saj ga je to žalostilo. Vendar se je danes na Japonskem odločil, da si bo ogledal vse, kar je mogoče, kot da bi bila njegova družina tam z njim in ob njem. Življenje je bilo prekratko, tudi kot labod, da bi bil ves čas žalosten.

Voznik se je ustavil pred vrtno hišo s stopnicami s cvetjem na obeh straneh ograje. Voznik je odprl vrata in Alfred je stopil ven. Sprehodil se je po nekaj stopnicah, se ustavil in prigriznil travo, ki jo je bilo dovolj na obeh straneh stopnic. Zrak je bil hladen in dišeč, zasebni vrt pred hišo pa čudovit. Skoraj na vrhu je opazil, da je sprednja okolica hiše zelo vabljiva, na levi strani blizu vhoda pa je bil vodni element s sovo. Vendar je imela hiša sama vse žaluzije spuščene, kot da ni nikogar doma. Upal je, da ga bo kdo pozdravil. Želel si je prigrizek in malo počitka.

S kljunom je potrkal na vrata. Glas je prihajal iz škatle blizu sredine vrat, ki je ni mogel doseči, ne da bi vzletel - kar je tudi storil.

„Ime mi je Alfred," je rekel.

Vrata so se odprla in starejša ženska ga je povabila noter. Sledil ji je in se spraševal, ali je kdo od ekipe stopil v stik z družino, da bi se pred njegovim prihodom predstavili.

Še naprej ji je sledil, saj je bilo slišati le udarjanje njegovih pajkastih nog po trdih tleh. Notranjost hiše je bila polna lesa - in dišeče orhideje so napolnile zrak. Starejša ženska ga je vodila v dnevni prostor, ki je bil poln pohištva, večinoma usnjenega. Žaluzije v zadnjem delu hiše so bile odprte - pogled se mu je odprl na plišasto zelenje na zadnjem vrtu. Pokazala je na stol in on se je premaknil, da bi se usedel vanj.

Komaj se je udobno namestil, ko se je ženska vrnila v sobo s pladnjem, napolnjenim s parnim vročim čajem in nekaj peciva. Videti je bilo, kot da ga je pričakovala - ali pa na Japonskem kuhalniki kuhajo veliko manj časa.

Za njo je bil majhen deček, ki se je držal njene noge in se skrival za njo. Deček je bil prave starosti, da bi bil Haruto, a ker je prebrala, da Japoncev ne bi smeli klicati po imenu, če ne dobijo dovoljenja. Deček je vsake toliko časa pogledal Alfreda in se nato spet skril. Izgledal je star največ štiri ali pet let, oblečen pa je bil v majico Optimus Prime, kratke hlače in na nogah je imel copate.

„Ti je všeč Optimus Prime?" Alfred je vprašal.

Deček se je nasmehnil in se vrnil v skrivališče.

Ženska ga je odrinila, da je lahko postregla s čajem.

Alfred je imel na svojem telefonu nastavljen prevajalnik. Na zaslonu je prebral pozdrav in rekel: „Kon'nichiwa." Opravičil se je za slabo izgovorjavo.

„On je Britanec," je rekel fant, in ko je to storil, je starejša ženska zavzdihnila.

Alfreda je presenetilo, kako dobro je ta mladenič govoril angleško. „Ah, vi govorite angleško. In da, jaz sem. Pametni ste, da ste opazili moj naglas.“

Fant je pogledal žensko, preden je tokrat spregovoril. Prikimala je.

„Oče in mati sta v službi,“ je rekel. „To je moja Sobo,“ kar v prevodu pomeni babica, "in moje ime je Haruto.“

„Pozdravljeni,“ je rekla ženska, prav tako v angleščini. „Moral bi se vrniti pozneje.“

„Moje ime je Alfred. Lahko te kličem Haruto?“ Deček je prikimal, nato pa ženski: "Kako naj te kličem?“

„Sobo,“ je rekla, "vsi me kličejo Sobo, ker sem Harutova babica, sem babica vseh. Z veseljem si me deli z njim.“

Alfred je prikimal: „Zelo sem vesel, da sem vaju spoznal.“

„Vas je poslala Rosalie?“ je vprašal deček.

„Se spomniš Rosalie?“ Alfred je vprašal. Bil je nadvse zadovoljen, da sta se povezala - čeprav bi mu vnaprejšnje vedenje, da Haruto zna govoriti angleško, morda prihranilo nekaj skrbi. Kljub temu se je odločil, da bo upošteval ženin nasvet, in vstal, da bi odšel.

„Moj oče dela v bližini,“ je dejal Haruto.

„Poiskati moram prostor, kjer bi lahko ostal. Ali mi lahko priporočite kakšen kraj v bližini?"

Harutova babica je Alfredu dala naslov z navodili, kako priti tja peš.

„Poklical bom našega prijatelja, ki upravlja hotel. Pomagal ti bo, da se namestiš, kasneje pa se lahko pridružiš mojemu sinu v kavarni."

„Hvala," je rekel Alfred.

Hoja do hotela je bila kratka in Alfred je užival na svežem zraku. Poskusil je celo japonsko travo, ki je imela precej dober okus, in naredil tudi nekaj požirkov iz fontan.

Soba je bila majhna, vendar je imela vse, kar je potreboval, poleg tega je bila izjemno čista in dobro opremljena. Na nočni omarici je bila svetilka s podstavkom v obliki sove. Kliknil jo je in ugasnil ter opazil, kako se ji svetijo oči. Tuširal se je, se preoblekel v drugega metuljčka, nato pa se odpravil v kavarno, kjer se bo srečal s Harutovim očetom.

Njegov telefon je zazvonil; spet je bilo sporočilo od E-Z.

„Kako je na Japonskem?"

„Lepo," mu je odgovoril s kljunom, ki ga je uporabil za tipkanje. „Spoznal sem Haruta in njegovo babico.

Govorita angleško. Je zelo sramežljiv, vendar je poznal Rosalie. Bil je opazno mlad - morda štiri ali pet let. Morda bo težko prepričati njegovo družino, da mu dovoli priti v Severno Ameriko."

„Rosalie je vedela, da ima moči - ampak ja, to je mlajši, kot sem mislil, da bo," je dejal E-Z. „Dobro, da govorijo angleško. Kje ste zdaj?"

„Grem v kavarno, kjer se bom srečal s Harutovim očetom. Mimogrede, mislim, da Rosalie ni imela časa posodobiti ali dopolniti svojih zapiskov o Harutu. O njem je govorila kot o otroku."

„Nisem prepričana, kako zaskrbljeni bi morali biti na tej stopnji, vendar sem brala na spletu - pisalo je, da lahko Furije prevzamejo katero koli obliko. Samo delim informacijo. Ker jih ne moremo prepoznati, bomo morali biti previdni, če bodo izvedeli za nas."

Alfred je poslal emotikon z dvignjenim palcem.

„Moram iti," je rekel E-Z.

# POGLAVJE 3

## SLABE SANJE

E-Z JE SPALA IN bedela. To pomeni, da je videl strop nad svojo posteljo in čutil vzmetnico, ki je podpirala njegov hrbet. A v glavi so mu ječale tri banshee:

„Povej nam, kje si!"

„Povej nam!"

„Povej nam ZDAJ!"

„Neeeeeeeeeeeeeeeee!" je zakričal.

Nato je bilo nad njegovo glavo na stropu ogledalo. Toda oseba v njem, ki se je zrcalila v njem, ni bil on sam. Namesto tega je bil to njegov stric Sam. In njegov stric Sam je v odsevu kričal in se zvijal od bolečin.

„Stric Sam je v našem brlogu!" je zavpila prva čarovnica.

„In nikoli več ne bo prišel ven!" sta se v en glas oglasili drugi dve.

Nato so vse tri izbruhnile v nekakšen smeh, kakršnega še nikoli ni slišal. Zvoki so bili podobni hijenam, grlenim, živalskim.

„Govorite!" so zahtevale zlobne čarovnice ter v strica Sama trkale in ga poduhovljale, kot bi bil kos mesa, ki ga pripravljajo pred peko.

„E-Z," je rekel stric Sam in glas se mu je tresel, kot bi se njegovo telo odražalo v njegovem odsevu. „Karkoli hočejo, jim tega ne daj. Ne glede na to, kaj mi bodo storili, se ne vdaj."

„Če ga boš ranil," je rekel E-Z, "bom, bom..."

„Povej nam, kje si, kje so vsi, in pustili ga bomo," so skupaj zapeli v glasu, ki se v Hadu ne bi zdel neprimeren.

„Vse, kar potrebujemo, je namig ali dva," je rekel drugi.

„Povej nam, kdo je kdo," je rekel prvi.

„Ali pa se bomo znebili vi veste koga," je rekel tretji.

Nato so se nasmejali. Zaradi njihovih glasov v njegovi glavi ga je tako bolelo. Toda on je samo sanjal. Moral se je zbuditi - ZDAJ.

„Ahhhhhhhhhhhhhhhhhhhhhh!" Stric Sam je zavpil.

Več smeha.

E-Z se je zbudil in hitro ugotovil, da je v Avstraliji z Lachiejem in ne doma v svoji postelji. Preveril je svoj telefon, vendar je imel le eno vrstico. Še naprej je preverjal, dokler ni imel dovolj črt, da je lahko poklical strica Sama. Da bi se prepričal, da je z njim vse v redu. Da je bila to le nočna mora in nič več.

Pod hišico na drevesu je slišal, kako se Lachie premika. Verjetno je pripravljal zajtrk. Lepo je bilo videti, kako je mladenič živel. Kako se je po vsem, kar je doživel, ponovno sestavil. Ljudje so bili zelo izjemni.

Karkoli je Lachie pripravljal, je dobro dišalo in najprej je želel poleteti dol in mu povedati o svoji nočni mori. Toda nekaj v ozadju misli mu je govorilo, naj to zadrži zase - za zdaj. Navsezadnje Furije ne bi mogle vedeti, kje živi. Kjer so živeli vsi. Ponovno je preveril črtne črte na svojem telefonu - tokrat ni imel niti ene črte. Vtaknil ga je v žep in poletel navzdol.

„Si se dobro naspal?“ Lachie je vprašal, ko je iz lonca, ki je stal nad ognjem, z žlico vlil tekočino v skledo.

E-Z jo je sprejel. „Imel sem čudne sanje, sicer pa ja. Tam zgoraj je lepo. Hvala, ker ste bili tako prijazni.“

„Brez skrbi. Tu je veliko duhov. In zate neznani zvoki. Če se želiš pogovoriti o sanjah, lahko,“ je dejal Lachie.

„Mogoče pozneje.“

„Okej, pojdi naprej in se zakopljite. Upam, da so ti gobe všeč.“

„Rad jih imam,“ je dejal E-Z, ko si je v usta z žlico naložil veliko količino vroče parne juhe. „Zelo dobra je.“

„Čakajte, pozabil sem na blazino - to je kruh.“ Odprl je nekaj aluminijaste folije, ki je bila na sredini ognjišča, jo raztrgal na četrtine in dal E-Z-u prvi del.

„To je najboljši kruh, kar sem jih kdaj okusil! Kako si se naučil tako kuhati?“

„Naučili so me domačini. Vesel sem, da ti je všeč.“

Sedela sta tiho, medtem ko se jima je sonce nasmihalo z visokega neba. E-Z se je trudil, da ne bi mislil na svojo nočno moro. Iz žepa je potegnil telefon in znova preveril, ali so vgrajene kartice. Komaj ena. Oboževal je tehnologijo - če je delovala.

„Zdaj, ko imaš poln trebuh, se pogovorimo o tem, zakaj si tukaj,“ je rekel Lachie. „Predvsem o tem, kako ti lahko pomagam.“

E-Z ni spregovoril, namesto tega je z upajočim srcem znova pogledal na svoj telefon. Zdi se, da Lachieja to ni motilo, saj je odtrgal še en kos blažilnika. Nazadnje se je spet zbral in se osredotočil na zadevo, ki jo je obravnaval.

„Oprosti, moje misli so bile milijon kilometrov stran."

„To ni problem. Želite še več vlažilca?"

„Ne, v redu sem. Torej, najprej me zanima, kaj ti je Rosalie povedala o nas treh. Mislim, Alfred, Lia in jaz."

„Da, povedala mi je vse o vas treh. Bilo je, kot da bi bila tukaj z mano in mi pripovedovala pravljico pred spanjem. Bolj ko je govorila, bolj sem si želel spoznati vas in vam pomagati."

„Veseli me, da mi želite pomagati. Preden se zavežete, naj vas najprej seznanim s podrobnostmi. Za nikogar od nas ne bo lahka pot."

„Ne bojim se izzivov," je dejal Lachie. „Kaj ti je Rosalie povedala o meni?"

„Če sem iskren, mi ni povedala veliko, vendar sem o tebi brala na spletu. Si kdaj ugotovil, kaj se je zgodilo s tvojimi starši?"

„Ne, in tudi nočem. Tu sem srečna, samozadostna. Nikogar ne potrebujem."

„Vsakdo potrebuje prijatelje," je rekel E-Z.

„Morda."

„Ali ti je Rosalie povedala o Furijah?"

„Ne, ampak rekla je, da me boš nekega dne poklical, ko boš potreboval mojo pomoč v boju proti zlu. In omenila je Furije, za katere sem že slišal."

„Res? Kaj si slišala?" E-Z je vprašal.

„Domorodci, od katerih se vsakič, ko sem z njimi, naučim kaj novega, vedo vse o Furijah. Usmerili so se na izvirnike, jih skušajo kaznovati in izriniti z njihovih ozemelj."

„To je bilo zelo pomembno." Lachie je vstal, polil nekaj vode na ogenj in poskrbel, da je povsem ugasnil.

„Sam verjamem, da mora zlo obstajati, da bi dobro preživelo - vendar mora obstajati nekakšen kodeks - in oni se ne držijo kodeksa. Vse, kar počnejo, počnejo zaradi lastne samoohranitve, in to ni način življenja."

„To so modre besede za otroka tvojih let," je dejal E-Z. Ko jih je izrekel, se je počutil nekoliko v zadregi, kot da se je preveč trudil biti moder, saj je bil starejši od njiju. „Mislim, da imaš verjetno sedem ali osem let, kajne?"

„Mislim, da je tako, glede svoje prave starosti pa nisem prepričan. Ko so me našli, niso našli nobene dokumentacije, ki bi to dokazovala. Mislim, da bom imel boljšo predstavo, ko se mi bo začel spreminjati glas." Zasmejal se je.

„Medtem si lahko sam izbereš svojo starost," je predlagal E-Z.

„Tako kot sem si sam izbral ime," je rekel Lachie. „Kakorkoli že, karkoli potrebuješ, sem za."

„Kar se dogaja s Furijami, je, da uporabljajo internet. Saj poznaš internet, da?"

„Poznam. V knjižnici imajo wi-fi. Rada berem. Mitologija je zelo zanimiva. Tudi znanstvena fantastika."

„Furije uporabljajo spletne igre za več igralcev, da bi ujele otroke. Večina otrok igra igre, tudi jaz," je dejal E-Z.

„Igre zapravljajo čas," je dejal Lachie. „To so me učili učitelji iz domorodnih ljudstev. Življenje je prekratko, da bi ga zapravljali z brezciljnimi motnjami."

„Vsi imajo radi igre," je dejal E-Z. „Lahko bi vam navedel svetovne številke, a glavno je, da Furije izkoriščajo ta pojav. Kot da jim je vsak otrok, ki igra, omogočil dostop do svojih src in misli."

„Kako to?"

„Za dvig ravni v igri moraš opraviti seznam nalog. To je edini način za napredovanje v igri. Če ne bi naredil, kar se od tebe zahteva, igranje igre ne bi imelo smisla. Pa vendar je to, kar se od vas zahteva, v resničnem življenju velikokrat v nasprotju z zakonom."

„V nasprotju z zakonom! Kot kaj?" Lachie je vprašal.

„Na primer ubijanje.“

Lachie je zmajal z glavo.

„To je igra, zato narediš, kar moraš, da prideš na naslednjo stopnjo.“

„Ok, mislim, da razumem. Naloga Furij je bila kaznovati tiste, ki so zagrešili zločine in so ostali nekaznovani. Oni pa to nalogo izkrivljajo, da bi prizadeli otroke, ki igrajo namišljeno igro.“

„Tako je, Lachie. Točno tako. In ko otroci umrejo, jim ukradejo duše.“

„Zakaj?“

„Si že kdaj slišal za lovilce duš?“

„Ne,“ je rekel Lachie.

„Ko umreš, ima tvoja duša mesto večnega počitka. Imenuje se lovilec duš. Toda tem otrokom ni namenjeno umreti, ko jih vzamejo Furije, zato jih ne čaka noben lovilec duš.“

„Kako veš vse to?“ Lachie je vprašal.

„Nadangeli so mi ne samo povedali, ampak tudi pokazali. Nekajkrat sem bil v lovilcu duš. Priklicali so me tja. Niti nisem vedel, kako se imenuje, dokler se ni pojavilo vse to. To ni nekaj, s čimer bi se morali ukvarjati ljudje. Večina misli, da gremo v nebesa ali pekel.“

„Če je bil tvoj lovilec duš pripravljen, ti pa si šele otrok, zakaj niso pripravljeni njihovi?“

„Dobro vprašanje. O njem še nisem razmišljal. Najbrž sem domneval, da sem posebna okoliščina,“ je dejal E-Z. „Toda vem, da so nadangeli nekaj pokvarili. Nekaj, o čemer nočejo govoriti. Morda zato potrebujejo našo pomoč, da to stvar popravijo.“

„Kako to počnejo? Tega ne razumem.“

„Prikrojili so pravila in upajo, da bodo prevzeli nadzor nad vsemi lovilci duš. Ko umremo, naj bi naše duše šle v enega, ki nas čaka, ko umremo. Niso predvidene za prenosljive. Če bodo nadzorovali vse, potem vsaka duša ne bo imela kam iti. To bo posmrtno življenje pahnilo v kaos. Torej, zdaj, ko ste slišali vse - ste še vedno za?“

„Da, vsekakor. Poleg tega tukaj ni nič boljšega za početi. Morala bi biti zanimiva pustolovščina.“

„Če sem stoodstotno iskren,“ je rekel E-Z, “ne bo lahko. Poleg tega boš skupaj z vsemi nami postavil na kocko svoje življenje. Vendar si bomo drug drugemu krili hrbet.

„Zmagali bomo!“

„Upam, da je tako, vendar moramo najprej ugotoviti, kako bomo prišli do tja. Stric Sam nam je pripravil nekaj letalskih vozovnic. Prevzeti jih moramo na najbližjem mednarodnem letališču. Rezerviral jih je.“

„Ni treba!“ Lachie je rekel. „Imam svoje prevozno sredstvo.“ Dva prsta je potisnil v usta in zažvižgal.

Nekaj minut se ni zgodilo nič.

**„R---R---R---RRRRRRRRRRRRRRRR.“**"Kaj je bilo to?“ E-Z je vprašal.

Lachie je stal zelo mirno, ko so se drevesa premikala in šepetala.

Nato je E-Z zaslišal plapolanje kril. Po zvoku je bilo videti, da ima vse, kar prihaja, velikanska krila.

Nato se je bitje prebilo skozi drevesno listje. To bitje ne bi bilo neprimerno v nobenem od filmov o Harryju Potterju.

„Je to zmaj?“ E-Z je vprašal.

„To je Aussiedraco,“ je rekel Lachie. „Znan je tudi kot pterozaver, zato je domačin.“ Zmaju je rekel: „Dober dan, prijatelj,“ in ga šel pozdravit. Ogromno luskasto bitje je sklonilo glavo. Lachie ga je pobožal in mu skočil na hrbet.

„Daj, E-Z, na kaj čakaš?“

„Uh, imam svoj prevoz.“

Lachie je odvrgel glavo in se zasmejal.

**„HAR-HAR-R-R-R!"**

se mu je pridružilo bitje.

„Ime mu je Baby," je rekel Lachie. „Vkrcaj se, ker te hoče Baby peljati na vožnjo, in kar Baby hoče, Baby tudi dobi."

„Ampak moj stol!"

Baby je iztegnil svoj dolgi vrat in dvignil E-Z. Brez stola ga je vrgel na hrbet. E-Z se je prijel za Lachieja, ko je Baby skočil v zrak.

„Pazi na drevesa!" E-Z je zavpil.

Lachie in Baby sta se smejala.

Poletela sta čez kilometre in kilometre rdečega peska.

Kmalu se E-Z ni več bal.

Preletela sta več skalnih formacij, ena od njih je bila videti, kot da bi Homer Simpson ležal. Nato sta zagledala Uluru, ogromen rdeč monolit.

Ves dan sta preletela Avstralijo in si ogledovala znamenitosti.

„Raje se vrnimo," je rekel Lachie. „Moramo se dobro naspati, preden se odpravimo v Severno Ameriko in se srečamo s preostalimi člani ekipe."

„Sliši se kot načrt," je dejal E-Z, ki je zdaj vedno bolj užival v vožnji in si želel, da se nikoli ne bi končala. Ne bi padel, imel je krila, če bi jih potreboval - a eno je vedel zagotovo, letenje na Bejbi je bilo življenje.

Spraševal se je le, kje jo bo obdržal, ko se bosta vrnila domov. Zmaj je bil prevelik, da bi ga spravil v garažo. To težavo bo rešil, ko bo prečkal ta most. Morda pa bi lahko, če bi se spoprijateljila z Malim Dorritom, skupaj prespala v postelji?

„Ne skrbi zame,“ je rekla Baby.

E-Z se je dvakrat zamislil.

„Uh, ja, znam brati misli. Vendar ne ves čas in ne vsem,“ je rekel Dojenček. „Sama si bom uredila spanje. Kar se pa tiče Male Dorrit, pa se enorožci in zmaji ponavadi ne razumejo - vendar bi bila pripravljena poskusiti.“

Baby ju je odložil in odletel v noč.

E-Z se je spomnil strica Sama, vendar je bil preveč utrujen, da bi kaj ukrenil. Poklical ga bo zjutraj. Seveda bi bilo vse v redu.

# POGLAVJE 4

## ODHOD IZ OZ

NASLEDNJE JUTRO, KO STA se E-Z in Lachie pripravljala na potovanje, sta se pogovarjala in se bolje spoznala.

„Moram napolniti telefon in poklicati strica Sama. Preden zapustimo Avstralijo, bi se rad ustavil in opravil oboje."

„Brez težav, saj bi tudi jaz rad nabral nekaj potrebščin. Vse lahko naredimo hkrati. Jaz bom nakupoval, ti boš lahko napolnil telefon in poklical strica. Moram kaj vedeti?"

„Imel sem le čudne sanje. Zaradi njih želim preveriti, kako je z njim, da me ne bi po nepotrebnem skrbelo."

„V redu," je rekel Lachie in pospravil nekaj kuhinjskih pripomočkov, da bodo na varnem, dokler se ne vrne. „Zagotovo bom pogrešal ta kraj."

„Vem, tudi tvoje prijatelje, vendar boš spoznal nove in vsi se bodo počutili kot doma. Poleg tega se boš vrnil, še preden se boš zavedel.“

„To me skrbi. Kaj če se ne bom želel vrniti? Kaj če se navadim na ljudi v bližini? Da me bodo razvajali z udobjem?“ Ustavil se je, ko sta mu na ramenih pristali dve straki, vsaka po ena. Ptiči so ga rahlo kljunkali po ušesih, kot bi mu šepetali. Lachie se je nasmehnil in odletela sta.

„Kaj sta rekla?“ E-Z je vprašal.

„Uh, pravzaprav nič. Rekli so samo, da me imajo radi in da me bodo pogrešali.“ Priletel je krokar in mu pristal na rami. „To je moj prijatelj Erroll.“

„Veseli me, da te spoznavam, Erroll,“ je dejal E-Z. „Kako sta postala prijatelja?“

Lachie se je zasmejal. „Smešno, da to sprašuješ. Errollovi so tu že zelo dolgo. Pravzaprav je bil njegov dedek večkrat hišni ljubljenček nekoga, ki bi lahko bil tvoj daljni sorodnik. Če ste v sorodu z Charlesom Dickensom?“

E-Z se je nagnil in prikimal. Lachie je zdaj vsekakor imel njegovo polno pozornost.

„Charles Dickens je imel hišnega ljubljenčka krokarja, ki mu je bilo ime Grip. Po zgodbah, ki so se prenašale skozi leta, je bil Grip tisti, ki je navdihnil Edgarja Allana Poeja, da je napisal svojo najslavnejšo pesem z naslovom The Raven."

„Vau, to je tako kul!" E-Z je vzkliknil.

„Ptice so zelo inteligentne. Tako kot staroselci, ki so me vzeli pod svoje okrilje, ko sem prvič prišel v zaledje. Naučili so me brati in pisati ter pripravljati hrano. Naučili so me tudi, kako prepoznati strupeno rastlinstvo in živalstvo ter se jima izogniti.

„Vsak dan se nekaj naučim od bitij, ki jih srečujem in s katerimi se pogovarjam. Pravijo, da se je v starih časih lahko vsakdo pogovarjal z živalmi - ne le jaz -, vendar se je nekaj spremenilo. Menijo, da se je to zgodilo v naših možganih, a karkoli se je zgodilo vsem drugim, se meni ni zgodilo."

„Kako so vedeli, da si drugačen?"

„Pravijo, da so slišali zame, ko sem se rodil in ko sem postal deček v škatli. Še preden sem se rodil, so govorice o meni v šepetu krožile po svetu. Dolgo so me čakali, tako so mi govorili."

„Kako dolgo?" E-Z je vprašal.

„Nočem zveneti veleumno, ampak pravijo, da je Mozart vedel zame - imel je hišnega škržatka in je živel v 17. stoletju. To je bolj nedavno. Pred njim lahko zasledimo Vergilija iz leta 70 pred našim štetjem." Ali ste vedeli, da je imel hišno muho?

„Res? Muha - hišni ljubljenček?"

„Govoril sem z muho iz grma, ki je bila v sorodu z Vergilijem - njegovo ime je bilo Leonard ali na kratko Leo in je vse potrdil." Lachie je pobral lonček in ga skupaj z nekaterimi drugimi stvarmi skril v grmovje. „Pogovarjal sem se tudi s sorodnikom papige Andrewa Jacksona. Jacksonovi ptici je bilo ime Pol - bila je darilo za njegovo ženo - in je bila samec, ker pa je bila njegova sorodnica samica, ji je bilo ime Polly. Imela je nenavaden smisel za humor!"

„Tako se sliši. Upam, da se bova lahko še pogovarjala, vendar te moram vprašati o tvojih posebnih sposobnostih - in kmalu bi se morali odpraviti na pot, če imaš vse varno spravljeno."

Lachie je prikimal: „Seveda. Skoraj pripravljen. Samo še nekaj stvari moram zavarovati. Medtem pa mi najprej povej nekaj o sebi."

„No, videl si že mene in moj stol v akciji - ja, lahko letimo. Moj stol ima posebne sposobnosti, poleg letenja lahko ujame tudi zločince in ima okus za kri. Jaz in moj stol sva par, kot Batman in njegov Batmobil."

„Super!" Lachie je rekel. „Ampak to s krvjo je čudno."

„Odpadki ne koristijo, ne vem, kdo je to rekel, ampak moj stol se s tem strinja. Namesto da bi kri kapljala v zemljo, jo posrka vase.

„Naša prva reševalna akcija je bila majhna deklica - rešili smo jo, preden jo je povozilo vozilo. Nato smo rešili letalo, polno potnikov. Ne želim se hvaliti in prepričan sem, da ste razumeli bistvo. S tem, ko sem pomagal drugim, sem ugotovil, da sem zdaj super močan, prav tako pa tudi moj stol. Oh, in smo neprebojni.“

„Hočete reči, da so ljudje streljali na vas?“

„Da, imeli smo nekaj situacij, ki so vključevale orožje. Zdaj si na vrsti ti.“

Moja najbolj neverjetna moč je, kot ste že videli, da se lahko pogovarjam s katerim koli bitjem, s katerim koli sploh. Pravzaprav včeraj, ko si mislil, da se pogovarjaš z Baby, no, nekako si se, a če me ne bi bilo, bi govorila neumnosti. S teboj komunicira prek mene. Sem kot omrežje, varnostno omrežje. Lahko ga izklopim ali odprem, odvisno od tega, kako se odločim.

„Ko sem bila v kletki, so živali sedele zunaj in se pogovarjale. Včasih se mi je zdelo, da komunicirajo z menoj, potem pa sem pomislil, da se mi je morda zmešalo. Nekoč je skozi rešetke moje kletke priletel ščurek in rekel, da mi lahko pomaga priti ven, če to želim.

„Fuj, sovražim ščurke. Za leteče ščurke še nisem slišal.“

„Pravzaprav so precej pametni in imajo izjemen instinkt za preživetje - mislim, da bodo pojedli vse.“

„Škoda, da niso pojedli ljudi, ki so te spravili v to škatlo.“ E-Z je za trenutek pomislil. „Zakaj ga nisi pustil, da bi te poskusil rešiti? Mislim, da nisi imel ničesar za izgubiti.“

„Kako je s tistim starim pregovorom, da je bolje, če hudiča poznaš?“

„Razumem, torej se nisi ustrašil ljudi, ki so te držali?“

„V resnici ni šlo za škatlo, ampak za kletko. Ampak bolje zveni, če ji rečejo škatla. Poleg tega me niso nikoli poškodovali. Hranili in napajali so me. Zamenjali so časopis. In nikoli nisem videl, kdo so, saj so nosili maske.“

„Ne razumem, zakaj so te sploh držali tam.“

„Mislim, da tega ne bom nikoli izvedel. In ko so me izpustili, se nisem zadrževal, da bi dobil kakršne koli odgovore.“

„Kako se je to zgodilo?“

„V isti hiši so mi uredili sobo. Poslali so mi prijazno gospo, ki je skrbela zame. Nikoli nisem šel ven iz hiše. Zame je bilo preveč strašljivo."

„Ste lahko govorili? Če ste bili za vedno v kletki, ali imate kakšne spomine od prej? Na starše?"

„O tem nerada govorim. Preteklost je preteklost. Ne morem je spremeniti. Vedno gledam naprej. Vendar se nisem rodila v kletki. Včasih se mi zdi, da se spomnim, kako sem hodil v šolo. Toda morda so bile to le sanje. Včasih je težko razlikovati med obema."

E-Z se je spomnil, naj pokliče strica Sama.

„Kako si torej pristal tukaj, živel z živalmi in bil stoodstotno samostojen? Mislim, da ne pogrešaš ljudi?"

„Ne moreš pogrešati tistega, česar se ne spomniš. Kar zadeva živali, si jih nisem izbral jaz, ampak so si one izbrale mene. Prišle so v hišo, kot da bi vedele, da nisem več v kletki, in so čakale, da pridem ven. Vedele so že, da se lahko z njimi pogovarjam, da jih razumem - jaz pa nisem vedel, da lahko, dokler nisem poskusil. Potem se mi je odprl cel svet in moral sem biti del njega. Nisem bil več sam. Takrat so mi ponudili, da me vzamejo s seboj in me varujejo. Zdaj ste na tekočem z Lachiejevo zgodbo."

„To je neverjetna zgodba. Torej, pogovarjanje z živalmi. Si odkril še kaj drugega?"

„No, ja. Ampak to je precej novo."

„Povej mi o tem."

„Bolje bo, če ti to pokažem."

„Dobro," je rekel E-Z.

Opazoval je, kako je Lachie vstal in odšel proti bližnjemu evkaliptusovemu drevesu. Za trenutek je bil še ob drevesu, nato pa je stopil naprej, tako da je stal pred debelim, z vremenskimi vplivi ošiljenim deblom drevesa. Nato je izginil.

„Kaj pa?"

Lachie se je premaknil na drugo stran drevesa, nato pa se vrnil nazaj ob deblo.

„Oh, torej si neviden?"

„Ne, poglej natančneje." Umaknil se je od drevesa. „Opazuj moje oči."

E-Z je to storil in v deblu drevesa je videl Lachiejeve oči, vendar Lachieja ni mogel videti. „Počakajte trenutek," je rekel E-Z. „Razumem. To je kamuflaža - si kameleon. Vau!"

Lachie se je zasmejal in se vrnil na svoje mesto.

„Kako si to odkril? To je res super moč. Lahko se zliješ praktično kamorkoli in nihče ne bo vedel!"

„Potem ko sem nekaj časa živel med bitji in nisem videl nobenega človeka, je nekega dne skozi to mesto prišla skupina pohodnikov. Stekel sem, da bi splezal na drevo in se skril, vendar nisem imel dovolj časa - zato sem se ustavil ob deblu drevesa in ostal pri miru. Šli so mimo mene, kot da me ne bi bilo. Nisem mogel razumeti. Ptica mi je pristala na rami, kača pa mi je splezala po nogi. Oni so me videli, ljudje pa ne. Takrat sem spoznal, da sem kameleon.“

„Kako se počutiš? Mislim, ko preideš v način kamuflaže?“

„Ne zdi se mi, da bi bilo kaj drugače. Preprosto se zgodi.“

„Super. Ali želiš vedeti kaj o preostalih članih ekipe in o tem, kakšne veščine prinašajo?“

Lachie je prikimal.

„Lia ti bo všeč. Je videča. Oči ima v rokah in vidi v sedanjost, v misli nekaterih ljudi, včasih pa lahko tudi pogleda v prihodnost, kaj se bo zgodilo. Zdi se, da se ta del njene moči povečuje. Seveda je tu tudi starost. Ko sva se prvič srečala, je bila stara sedem let, zdaj je stara dvanajst.“

„To je res super,“ je rekel Lachie. „In slišal sem, da sta njena mama in tvoj stric Sam...“

„Lahko greva. Že samo ob Samovem imenu se mi spet poveča tesnoba.“

„Brez skrbi,“ je rekel Lachie. Zapiskal je in Baby je priletela in odletela sta v najbližje mesto, kjer je Lachie pobral nekaj stvari, E-Z priključil svoj telefon na polnilnik in ko je bil dovolj napolnjen, je takoj poklical Samovo številko.

Na klic ni bilo nobenega odgovora, namesto tega je klic šel naravnost v Samovo glasovno pošto. Poskusil je s Samantinim telefonom in ta se je takoj oglasila. „Pozdravljeni, tukaj E-Z, ali je stric Sam na voljo?“

„Seveda, E-Z, samo trenutek.“ Nekaj šepetanja. „Pozdravljen, fantek,“ je rekel Sam. „Kje si zdaj, že letiš nad oceanom?“

„Samo preverjam, ali je z vami vse v redu,“ je rekel E-Z. „Če je tako, prosim, povejte kodno besedo.“

„Sponge Bob Square Pants,“ je rekel stric Sam.

„Hvala bogu,“ je rekel E-Z. „Imel sem čudne sanje, da so te imeli Furiji.“

„Ah, prišli so k nam prijatelji in ravno se pripravljamo, da se usedemo in potopimo nekaj stvari v fondi. Imamo čokolado s sadjem, sir in zelenjavo ter sir s kruhom in mesom. Izbira je precejšnja in imamo več vrst vina. Dvojčka sta se že umirila za noč.“

„Uh, to se sliši…“

„Moram iti, E-Z, kmalu se vidimo. Bodi varen.“

„Moj stric je v redu in imajo fondue - sliši se kot prava zabava.“

„Kaj je fondue?“ Lachie je vprašal.

„To je lonec, v katerem raztopiš stvari in nato vanje potopiš druge stvari. Kot na primer jagode v čokolado in koščke kruha v sir. In prav imaš, zdaj sta poročena in pred kratkim sta dobila dvojčka, zato je hiša precej polna in hrupna.“

„Ooh, to se sliši odlično,“ je rekel Lachie.

Z E-Z-ovim telefonom, ki je bil popolnoma napolnjen, in Lachiejevimi potrebščinami, varno spravljenimi na Babyjevem hrbtu, je par odletel iz Avstralije. Med potjo sta se pogovarjala. Po več urah, ko nista videla ničesar zanimivega, sta se s krčevitimi želodci pripravljala na pristanek, da bi si odpočila za hrano in stranišče.

„Tako ali tako bova morala kmalu pristati, da si privoščiva kosilo - poleg tega sem že lačen! In mimogrede, čestitke!“

„Hvala! Na Havajih se lahko ustavimo na cheeseburgerjih in krompirčku,“ je predlagal E-Z.

„Nisem vedel, da so Havajci specializirani za hamburgerje in krompirček.“

„So del ZDA, zato so cheeseburgerji in krompirček - da ne omenjam gostih koktajlov - odlična tradicionalna živila, ki jih lahko poskusite, in zagotavljam vam, da vam bodo všeč.“

„Jaz ne jem mesa. Tudi krave so ljudje.“

„Imajo nekaj na osnovi zelenjave, še vedno je cheeseburger in všeč vam bo. Aha, nimaš nič proti pitju kravjega mleka, kajne?“

„Ne, nimam.“

„Okej, stol in Baby - pojdiva v najbližji cheeseburger, kjer strežejo tudi vegi burgerje,“ je predlagal E-Z, ko je njegov kruleči želodec dal vedeti o sebi.

„Naprej!“ Lachlan je zakričal, medtem ko je Baby iskal primerno mesto za pristanek.

# POGLAVJE 5

## BRANDY

L IA IN NJENA SOPOTNICA enorožka Mala Dorrit sta leteli med oblaki.

Lia je cenila graciozne, a hitre gibe svoje sopotnice. Skupaj sta si izmislila igro, imenovano Skok čez oblake. Odvisno od vrste oblaka sta skakala čez njega, pod njim ali skozi njega. Najbolj zabavno je bilo iti skozi.

„Najraje imam, ko smo v oblaku," je dejala Lia. „Segam po njem, da bi se ga dotaknila, vendar tam ni ničesar."

„Zdi se, da gremo v spodnji nakupovalni center," je rekla Mala Dorrit, preden je izvedla trojni skok, šla čez, nato pod in nato skozi isti oblak.

„Weeeeeeeee!" Lia je vzkliknila.

„Hvala, hvala," je dejala enorožka in pokazala navzdol.

„Nakupovanje, kajne?“ Lia je dejala, ko si je ogledala to mesto. To je bil velik nakupovalni center, dolg skoraj eno ulico. „Upam, da ne bom potrebovala veliko denarja, vendar mi je mama dala svojo kreditno kartico, če bi jo potrebovala.“

„Brandy stoji na hodniku v trgovini z živili in polni voziček, da bi si krajšala čas. Naj pohitimo, sicer jo bo njena mama kmalu iskala,“ je dejal enorožec.

„To je res super, da lahko tako natančno določiš njeno lokacijo. Komaj čakam, da jo spoznam in izvem več o njenih sposobnostih,“ je dejala Lia in ovila roke okoli vratu Male Dorrit, da bi se pripravila na pristanek. „Vedno sem si želela imeti starejšo sestro, zato je to morda moja edina priložnost.“

„Zapiši, ko me boš potrebovala,“ je rekla Mala Dorrit, ko je Lia stopila z mesta, “in čakala te bom tukaj.“

Lia je vstopila v nakupovalno središče skozi nihajna vrata. Takoj je zagledala dekle, za katero je upala, da je Brandy, ki je v trgovini z živili potiskala voziček. Na podlagi Rosalijinega opisa je to morala biti ona.

Dekle je bilo oblečeno ležerno, v sivo majico s kapuco. Bila je delno zapeta, vendar dovolj odprta, da je razkrivala rdečo majico I Love Music, ki je bila pod njo. Njene črne kavbojke so imele na žepih nalepke z glasbenimi notami. Njeni platneni tekaški copati so se ujemali z majico.

Lia je nekaj trenutkov opazovala dekle, nato pa se ji je približala. Počutila se je nekoliko prestrašeno. Kot da bi se srečala s slavno osebo. V njenih mislih je Brandy izžarevala slog in hladnost.

Ko se ji je Lia približala, si je predstavljala, da bosta nekoč kmalu najboljši prijateljici. Skupaj bosta obiskali nakupovalni center. Skupaj bosta nakupovali oblačila. Morda bi ji Brandy celo pomagala pri izbiri novih ameriških oblačil.

„Kaj gledaš, otrok?" Brandy je vprašala s tonom, ki ni bil preveč prijazen ali sestrski. Nato je s polnim zamahom odrinila Lijine roke.

„To je zelo nesramno," je vzkliknila Lia. „Ali te nihče ni naučil nobenih manir?" Obrnila je hrbet hladnemu dekletu. Zadrževala je dih, štela do deset in se spet obrnila proti njej. „Rosalie bi se te sramovala."

„Ti poznaš Rosalie?"

„Da, jaz sem Lia in te ne morem videti brez oči, ki jih imam v rokah." Lia je znova dvignila roke.

„Vau!" Brandy je vzkliknila. „Mislil sem, da sem čuden, ampak otrok, hočem reči, uh, Lia, ti imaš piškote." Roki je potisnila v žepe. „Ampak vsak Rosalijin prijatelj je tudi moj prijatelj."

„Uh, hvala," je rekla Lia. „Lahko greva kam na pogovor?"

„Ne morem reči, kaj imava ti in jaz skupnega - razen Rosalie," je dejala najstnica in potisnila voziček naprej, Lia pa je ostala za njo.

Lia se je borila z jokom, vendar ji je uspelo iztrgati besede: „Potrebujemo vašo pomoč, ker je Rosalie mrtva."

Brandy se je ustavila in globoko vdihnila, ko ji je po licu stekla solza, ki jo je obrnila in odrinila. „Sledi mi, otrok." Zapustila je voziček z vsemi predmeti v njem, se odpravila do stojnice tik ob nakupovalnem središču in se usedla.

„Jaz bom popila kozarec vode," je rekla Lia. „Brez ledu, prosim."

„Daj no, otrok, živi nevarno. Vzemi si Root Beer Float - in to kar dva." Ko je natakarica odšla, je rekla: „Všeč ti bo, ne skrbi. Zdaj pa mi povej več o tem, zakaj si tukaj, in povej, kaj se je zgodilo s tisto sladko gospo Rosalie."

„Najprej, kaj ti je Rosalie povedala o meni, o naju?"

„Nič. Vedel sem, kdo je, in vedel sem, da bdi nad mano. Najprej sem mislil, da je angel, ker se je lahko pogovarjala z mano v moji glavi, kot takrat, ko sem kot majhen otrok molil. Potem sem spoznala, da je bila resnična oseba, tako kot jaz, in zdaj je mrtva. Rad bi pomagal pri iskanju ljudi, ki so jo ubili - če ste zato tukaj, potem se strinjam. Smešno, mislim, da je zdaj angel, ki še vedno bdi nad mano.“

„Tudi jaz,“ je rekla Lia. „Točno tako.“

„Kako se je to zgodilo?“ Brandy je vprašala. „Če to ni neobčutljivo vprašanje. Vedno se mi zdi, da je najbolje govoriti o čudnostih, zaradi katerih smo to, kar smo. Če imam tudi jaz svoje čudaštvo, mi verjemite. Vsakdo ima.

„Moja mama bi mi odvrnila, da sem ti zastavila tako osebno vprašanje. Ampak jaz rada preidem k bistvu. Ali imaš od nekdaj oči na rokah? Mislil bi, da te preganjajo novinarji in fotografi, ljudje se želijo pogovarjati s teboj, slišati in povedati tvojo zgodbo, da bi prodali revije in časopise.“

„Oh,“ je rekla Lia, “večino ljudi bolj zanimajo slavni izmišljeni liki, kot je Harry Potter, kot pa resnični ljudje. Če bi bil Harry Potter resničen, bi se ga ljudje izogibali ali se mu posmehovali. V njegovem svetu pa je bil junak, zato je njegova brazgotina postala del njegove zgodbe. Zaradi nje je bil za nas bolj človeški, zato smo se z njim lahko poistovetili. Toda noben otrok ne želi izstopati, saj v tem svetu razlike niso vedno cenjene.

„Smešno je, kako se lahko navezujemo na izmišljene like in z njimi sočustvujemo, resničnih junakov v vsakdanjem življenju pa ne prepoznamo.“

„Oh, bratec,“ je rekla Brandy, "ti si kar malce zoprn, kajne? Kot bi se pogovarjal z dvajsetletnikom.“

„Oprosti,“ je rekla Lia. „V kratkem času sem se iz sedmih prelevil v deset in iz dvanajstih v dvanajst. Nisem imela časa, da bi se prilagodila.“

„To je v redu,“ je rekla Brandy. „In načeloma bi se strinjala s teboj, otrok, toda odkar je resničnostna televizija prišla na radijske valove, nas zanimajo življenja običajnih ljudi. Se pravi, običajni, a bogati ljudje, kot so Kardashianovi. Jaz tega ne gledam, ampak milijoni ljudi ga gledajo.“

Prišla je njihova pijača. Brandy je najprej pojedla češnjo na vrhu svoje pijače, nato pa vprašala Lio, ali želi svojo. Ko je Lia rekla ne, jo je Brandy odtrgala in si jo dala naravnost v gobec. „Poskusi požirek. Če boš poskusila, ti bo zagotovo všeč.“

Lia je naredila velik požirek skozi slamico in obraz se ji je zasvetil. „Res je dobra!“ Nato je s slamico premešala sladoled, medtem ko je razmišljala, kaj naj reče naprej.

„Jaz sem se rodila z očmi, ki so dobro delovale. Toda nesreča me je oslepila, in ko sem se zbudila, sem imela te oči in tudi tisto, čemur pravijo vid. Vidim, kaj si ljudje mislijo, tako sva se z Rosalie prvič začeli pogovarjati. Čas zame ni takšen kot za vse druge, vendar že nekaj časa nisem preskočil nobenega leta. Poleg tega lahko včasih, ko čas teče, vidim, kaj se bo zgodilo meni in drugim, saj veste, v prihodnosti.“

„Si vedel, da bo Rosalie umrla, preden se je to zgodilo?“

„Ne, nisem. To pride in gre. Včasih sploh ne deluje. Ni stoodstotno zanesljivo. Mimogrede, ne morem ti brati misli, če te zanima.“

„Dobro. Če bi vedel, da mi lahko bereš misli, bi bilo zelo grozljivo,“ je rekla Brandy in naredila velik požirek, ki je udaril ob dno posode in izdal zvok ,to je vse, ljudje‘. „Z veseljem bi spila še enega, vendar ga ne bom,“ je rekla. „Najbolje je biti zmeren, ker če si ves čas privoščimo stvari - stvari, za katere mislimo, da si jih res želimo, potem jih ne bomo več tako cenili.“

„Zelo modro,“ je rekla Lia. „Če hočeš, si lahko vzameš preostanek mojega.“

„Škoda bi bilo, če bi ga zapravili.“

Dekleti sta bili nekaj časa tiho, dokler ni zavibriral Brandyjin telefon. „Moja mama bo kmalu prišla in se nam pridružila.“

„Kako je vedela, kje sva?“

„Okej, ima svoje načine, tj. sledilno napravo na mojem telefonu.“

„In te to ne moti?“

Ne. Nekajkrat sem izginila, vendar sem se vedno vrnila v nakupovalni center. Večino časa, ko grem, ona nima pojma. Dokler je ne pokličem in jo prosim, naj me pride pobrat sem. To je običajno njen prvi namig, moje sporočilo ali klic. Aplikacija ji prihrani skrbi zame. Mislim, da ni lahko imeti hčerko, ki lahko umre in spet oživi.“

Prišla je Brandyjina mama in predstavila se je. Seznanili sta jo z Rosalijinimi in Lijinimi zgodbami ter jo seznanili s tem, o čem so se do zdaj pogovarjali.

„Kaj sta dekleti načrtovali?“ je vprašala. „Videti je, kot da bi lahko delali kaj dobrega.“

„Samo odvečni sladkor,“ je rekla Brandy in se nasmehnila. „Lia mi je ravno hotela povedati, za kaj me potrebujejo.“

„Torej si mi razložila, kaj se je zgodilo s tvojim ponavljajočim se položajem?"

„Na kratko. Mami, do tega še nisem prišla, šele zdaj mi je povedala o nesreči in zakaj ima oči na rokah."

Prišla je natakarica in Brandyjina mama je naročila kavo. Takoj se je vrnila s skodelico, ki jo je napolnila. „Polnjenje je brezplačno," je rekla natakarica. „Ko bo skodelica prazna, jo samo dvignite in takoj bom prišla, da jo spet napolnim."

„Hvala," je rekla Brandyjina mama.

„Z veseljem bom slišala o tem," je dejala Lia in si odgrnila lase za uho. Všeč ji je bilo, kako sta se Brandy in njena mama ukvarjali druga z drugo. Bili sta si strašno blizu; to se je poznalo po tem, da sta se ves čas dotikali druga druge. Zaradi njune bližine se je spomnila vseh časov, ko je mama delala ponoči in ob koncih tedna in se je morala za vse zanašati na varuško Hannah. Zdaj, ko sta bila tukaj in je bila njena mama poročena s Samom, je bilo sicer drugače, vendar se je zdelo, da sta ji nova otroka zagotovo vzela veliko časa.

Brandy je odvrnila: „Ko sem prvič umrla, sem bila majhna. Bilo je v tem nakupovalnem središču. V enem trenutku sem bila mrtva, v naslednjem pa spet živa.

Kot sem ti že povedala, vedno končam tukaj. Tako zelo imam rada ta nakupovalni center.“

„To je smešno,“ je rekla Lia.

„Res rada nakupujem!“

„To je res!“ Brandyjina mama je rekla, ko je hčerka poklicala natakarico in prosila za kozarec ledene vode.

„Naj bosta to dva kozarca vode,“ je rekla Lia.

Ker je bila natakarica že tam, je Brandyjini materi napolnila skodelico kave.

Lia je menila, da je zdaj ali nikoli - morala bi preiti k bistvu. Bilo je že pozno in mala Dorrit je čakala.

„E-Z, ki je naš vodja, je na invalidskem vozičku in lahko rešuje ljudi, celo letala, polna potnikov. Ima super moč in hitrost, on in njegov invalidski voziček pa imata krila.

„Alfred je labod trobentač in ima ESP, poleg tega pa lahko ljudi in bitja ponovno oživi. Vključno s teboj se bosta skupini pridružila še dva otroka in E-Z-ov bratranec Charles - skupaj nas bo torej sedem.“

„Ah, srečnih sedem,“ je rekla Brandyjina mama.

Lia je nadaljevala: „Ko boš slišala vse, bo tvoje življenje v nevarnosti, če boš privolila, da nam boš pomagala v boju proti Furiji. To so tri zlobne sestre - boginje -, ki so ubile Rosalie.“

„Zlobne, kajne? Ubiti Rosalie je bilo strahopetno dejanje! Nikoli ne bi ranila niti muhe!" Brandy je dejala.

„Ali je ta informacija javna?" Brandyjina mati je vprašala. „Vse se zdi tako izmišljeno."

„Zakaj so to storili?" Brandy je vprašala. „Kaj dobijo, če ubijejo ljubko starko, kot je Rosalie?"

„Uporabljajo otroke. Ubijajo otroke," je rekla Lia.

Brandy in njena mati sta nehali piti.

„To je težko razložiti, vendar se bom potrudila po svojih najboljših močeh. Ko umremo, so naše Duše namenjene čakajočim Lovcem duš - našemu večnemu počivališču. Vsak od nas ima svoj edinstveni Lovilec duš - zato ne moremo nikoli umreti. Naše duše živijo naprej. To niso nebesa, kakršna smo si predstavljali, vendar so resnična in Furije ubijajo nedolžne otroke - in jih dajejo v Lovilce duš, ki pripadajo drugim ljudem.

„Pravzaprav Rosalie, ko je umrla, ni imela kam iti s svojo dušo. Na srečo sta najina prijatelja Hadz in Reiki - sta wannabe angela - uspela ujeti Rosalijino dušo. Hranita jo na varnem, dokler ne odpravimo Furij in z vsemi lovilci duš spet uredimo stvari. Ko jih bomo odstranili, bodo nadangeli prevzeli oblast in popravili zmešnjavo, ki so jo povzročili. Vse se bo spet normaliziralo."

„Mislila sem, da so nadangeli zlobneži," je rekla Brandy. „Kako lahko vemo, da jim lahko zaupamo? In zakaj jim hočemo pomagati?"

„To je zelo velika prošnja za vas, otroci," je rekla Brandyjina mati.

„To je zelo dolga zgodba. Lahko vam jo povemo čez čas. Zdaj pa se moramo vrniti na sedež. To je naša hiša. Ko bomo vsi pod isto streho, bomo lahko vse razložili in pripravili načrt."

„Vključena sem," je rekla Brandy. „Prepričali ste me že, ko ste rekli, da so ubili Rosalie, zdaj pa vem, da so pobijali tudi nedolžne otroke, no, pustite me pri njih." Dvignila je kozarec vode in nazdravila z Lio.

„Čakaj," je rekla Brandyjina mati, "če nadangeli ne morejo premagati te stvari, kako potem lahko pričakujejo, da boste to storili vi, otroci ..."

„Mami," jo je Brandy potrepljala po roki. „Nisem kot drugi otroci. Sliši se, kot da smo banda nesrečnikov s posebnimi sposobnostmi, in jaz se bom prav prilegla mednje. Ni presenetljivo, da so nas nadangeli prosili, naj jim pomagamo.

„Rosalie nas je vse združila, tako da lahko oblikujemo ekipo. Če bi bila tukaj, bi bila z nami v ekipi.

Zdaj je z nami v duhu. Skupaj bomo sila, s katero bo treba računati.

„Poleg tega moramo poskrbeti, da bo Rosalie dobila nazaj svoje večno počivališče. Vse se zgodi z razlogom, mar nisi ti vedno tisti, ki mi to pove?"

„Kaj se bo zgodilo potem?" je vprašala njena mama.

„Moramo biti skupaj in E-Z-ova hiša je dovolj velika za vse nas. Tam nas bodo pričakali drugi in Charles Dickens - dolga zgodba -."

„Ne tisti Charles Dickens?"

„Edini in edini, vendar je star šele deset let. Prišel je in odkrila sta ga dva detektorista v Londonu v Angliji. Na Zemljo so ga poslali z razlogom. Poleg tega, da sta z E-Z-jem bratranca in sestrična. Je eden od nas. Skupaj bova premagala ti sestri in ponovno postavila svet na svoje mesto."

„Gremo!" Brandy je rekla. „Mama ima v avtu moj nahrbtnik, v katerem so vse potrebne stvari. Vedno imam spakirano torbo za vsak primer. Že nekajkrat mi je prišla prav. Predvidevam, da ima hiša pralni in sušilni stroj? In sušilnik za lase?"

„Da, da in da," je rekla Lia in nato zažvižgala.

Brandy in njena mama sta si pokrili ušesa. „Za kaj je bilo to?"

„Pojdi ven in predstavila ti bom svojo prijateljico Malo Dorrit - je enorožec - in hkrati lahko vzameš svojo torbo." Šli sta skozi vrata in ona je pokazala v nebo, kjer je prihajal na pristanek enorožec.

„Čakajte trenutek," je rekla Brandy, "čez državo se bomo peljali z enorožcem?"

Brandyjina mama se je zasmrčala. Zdelo se ji je slabo, noge pa so ji postale podobne prekuhanim špagetom.

„Pojdi k njej in jo pobožaj," je rekla Lia. „Mala Dorrit, to sta Brandy in njena mama."

„Njen kožušček je čudovit in mehak," je rekla Brandyjina mama.

„Bi se rada zapeljala do svojega avtomobila?" Mala Dorrit je vprašala.

„Ne, hvala," je rekla Brandyjina mama. Nato je hčerki rekla: „Ne vem, kako bom to razložila tvojemu očetu. Morda bi morale vse skupaj priti domov z mano in skupaj bova razložili in se odločili, ali lahko greste ..."

„Moram iti," je rekla Brandy. „To je moja usoda." Objela je mamo.

„Bi pomagalo, če bi se pogovorila z mojo mamo?" Lia je vprašala in ne da bi čakala na odgovor, jo je pospešeno poklicala, razložila situacijo in predala telefon Brandyjini mami, ki je poklepetala s Samantho, nato pa ji vrnila telefon.

Naslednje, kar so vedele, je bilo, da so vse tri letale po parkirišču in iskale avto, ljudje spodaj pa so trobili s sirenami, fotografirali s telefoni in trkali drug v drugega z avtomobili in vozički.

„Tam je," je rekla Brandyjina mama.

Mala Dorrit je pristala in zdrsnila z njega. „Počakajte tukaj, jaz pa bom vzela hčerkino torbo."

Vrnila se je in jo vrgla Brandy. „Hvala za vožnjo," je rekla Mali Dorrit. Brandy je rekla: „Brandy, pokliči domov. Dnevno. Kot E.T." Poljubila jo je. Nato je rekla Lii: „Lepo te je bilo spoznati."

„Tudi tebi," je rekla Lia, ko se je Mala Dorrit dvignila s tal. „Brez skrbi, poskrbeli bomo za varnost tvoje hčerke."

Brandyjina mati je opazovala, kako sta odletela, dokler ju ni mogla več videti. Do takrat so si vsi radovedni parkerji našli kaj drugega za ogled, zato je sedla v avto in se odpeljala proti domu.

Domov je šla po dolgi poti. Razmisliti je morala, kako bo vse to razložila Brandyjinemu očetu.

# POGLAVJE 6

## HARUTO

Alfred je počakal pred kavarno, dokler lastnik, ki je pričakoval novo stranko. Harutova babica ni omenila, da je bila stranka labod trobentač. Ko je lastnik zagledal Alfreda, ga je odpeljal k mizi čisto zadaj.

Alfreda ni motilo, da je bil na stranskem tiru. Pravzaprav mu je bilo to bolj všeč, saj je bil tam znak, ki je označeval, da je prepovedano imeti domače živali - ne da bi labodi veljali za domače živali na Japonskem ali kje drugje na svetu, ki ga je poznal.

Medtem ko je mirno sedel in čakal na prihod Harutovega očeta, je uporabljal brezplačni WI-FI v kavarni in odkril nekaj res zanimivih stvari o japonski kavarniški kulturi. Tako kot v Jokohami so obstajale kavarne za ljubitelje mačk in ena za praznovanje ježev.

Petnajst minut pozneje je v kavarno vstopil moški. Alfred je takoj vedel, da gre za Harutovega očeta, saj se je ta hitro približal njegovi mizi.

„Naze watashitachiha daidokoro no chikaku ni iru nodesu ka?" je vprašal lastnika kavarne (kar v prevodu pomeni: zakaj smo blizu kuhinje?"

„Kare wa hakuchōdakara!" je rekel lastnik, preden se je oddaljil od mize (kar v prevodu pomeni: Ker je labod!)

Ko se je čez nekaj minut vrnil s pladnjem, polnim čaja Bubble Tea, je lastnik rekel: „ Mōshiwakearimasen" (kar v prevodu pomeni: Žal mi je.)

„ Ī nda yo," je z nasmehom dejal Harutov oče (kar v prevodu pomeni: Vse je v redu.)

Alfredov čaj je bil postrežen v skledi, ki je bila dovolj velika, da je vanjo lahko vtaknil svoj kljun. Njegov čaj je bil leden - kar je bilo dobro, saj si ni želel opeči jezika ali dolgo čakati, da se ohladi.

„Domo arigato gozaimasu," je rekel Alfred (kar v prevodu pomeni: najlepša hvala.)

„Iie," je odgovoril Harutov oče (kar v prevodu pomeni: ne omenjaj tega.)

Nekaj časa sta mirno sedela in se gledala, medtem ko sta srkala čaj.

„Zakaj si tukaj?" Harutov oče je nenadoma vprašal. „Moja žena se boji, da nama hočeš vzeti sina, a ga ne moreš imeti. Da, našli smo ga, vendar smo edini starši, ki jih je kdajkoli poznal."

„Uau!" Alfred je vzkliknil. „Nič se ne bo zgodilo, če tega ne boste želeli. Mimogrede, angleščina vašega sina je odlična," je dejal Alfred. „Kot tudi vaša."

„S pohvalami ne boš dosegel nič dobrega. Kot sem že rekel, mojega sina ne morete imeti."

„Če bi nam Haruto lahko pomagal rešiti svet? Bi še vedno rekel ne?"

„Haruto je le deček. Ti si labod. Kaj lahko fantje in labodi naredijo, česar moški ne morejo? Ne moreš ga imeti." Prekrižal je roke.

„Kaj pa, če brez njegove pomoči ne bomo mogli rešiti sveta? Kaj če nam bo hotel pomagati?"

„Haruto ne ve ničesar o življenju. Ne more ti pomagati. Poišči sina nekoga drugega, nekoga starejšega. Nekoga, ki je bil rojen, da reši svet. Ne dečka. Ne moj fant, Haruto. Ne danes, ne jutri ali kdajkoli."

„Kaj pa, če mu dovolimo, da se odloči?" Alfred je rekel. „Ko mu vse razložim."

„Povej mi vse zdaj. In jaz se bom odločil, kaj mora vedeti. Najprej pa naj te vprašam, zakaj misliš, da ti lahko pomaga majhen deček, kot je moj sin?"

„Mislimo, da ima, tako kot vsi ostali, darove, edinstvene darove. Ni podoben drugim otrokom, kajne? Ko ga je Rosalie omenila, je bil še dojenček. Ali se je staral hitreje kot drugi otroci?"

Harutov oče je zmajal z glavo. „Ko smo ga našli pred petimi leti, je bil še dojenček. Odrasel je, kot raste vsak otrok."

„Oh, žal mi je. Rosalie ni imela časa, da bi posodobila ali dopolnila svoje zapiske. Pa vendar, ali si ne želite, da bi bil vaš sin v družbi drugih otrok, ki so nadarjeni kot on? Bil bi eden izmed nas, ki bi ga sprejeli. In spoštovali bi njegove darove in ga varovali."

„Ali namigujete, da ne morem zaščititi svojega sina?"

„Ne, gospod. Tega sploh ne trdim. Pravim vam, da ga potrebujemo in da morda, samo morda, on potrebuje nas. Deček, ki je sam, ne more biti nikoli tako močan kot deček, ki je član ekipe."

„Morda je osamljen. Morda, vendar je mlad in iz tega bo zrasel." Harutov oče je ostal tiho, preden je vprašal: „Kakšen je tvoj dar in kdo je sovražnik?"

„Imam zdravilne sposobnosti za ljudi in živali - večinoma za slednje. Lahko berem misli. Lia lahko vidi v prihodnost. E-Z rešuje življenja. lahko zdravim bolne in berem misli. Imamo celo superherojsko spletno stran, ki ti jo lahko pokažem, če bi si rad vse skupaj ogledal sam kot dokaz."

„Videl sem že vašo spletno stran," je rekel Harutov oče. „Znani ste kot *Trije*. Ali niste trije dovolj močni, da bi se lahko spopadli z vsemi sovražniki, na katere naletite? Kako vam lahko pomaga majhen deček, kot je Haruto? Komaj se spomni, da bi si umil zobe."

„To razumem. Tudi sam sem imel sina, ko sem bil človek."

„Nekoč si bil človek? Kaj se je zgodilo s tvojim sinom?"

„Umrla sta in spremenil sem se v laboda. To je dolga in zapletena zgodba. Glavno je, da do nedavnega nismo vedeli, da obstajajo še drugi otroci. To je bila Rosalie. Bila je neverjetna gospa, ki je imela sposobnost, da je v mislih komunicirala z otroki. Govorila je z Lio, Harutom, Brandy in Lachiejem. Vse je združila in za to plačala visoko ceno. Furije so jo ubile, ko jim ni hotela razkriti nobenih informacij o otrocih. Brez Rosalie ne bi vedeli, da drugi obstajajo, in ne bi bili tukaj, ko bi želeli zaščititi tvojega sina ali ga prosili za pomoč pri premagovanju teh zlobnih sester.

„Poslali so me, da se pogovorim s Harutom in mu razložim, s čim se spopadamo. Seveda lahko zavrne, lahko zavrneš namesto njega - toda brez njega morda ne bomo mogli premagati zlobnih boginj, znanih kot Furije."

Lastnik je ponudil še več čaja. Alfred ga je zavrnil, vendar so se Harutovemu očetu rahlo tresle roke, ko je dvignil sveže napolnjen čaj in srknil.

„Je Haruto najmlajši otrok?"

Alfred je prikimal.

„Povej mi o drugih dveh novincih."

„Brandy umre in se ponovno rodi. Lachie lahko govori in ga razumejo vsa bitja."

„Ta Brandy se vsakič znova rodi kot ona sama?" Harutov oče je vprašal.

„Tako sem razumel."

„Koliko je stara?"

„Tega ne vem zagotovo, vendar menim, da je najstnica. Zakaj je to pomembno?" Alfred je vprašal.

„Ker večkratno ponovno rojstvo, medtem ko ostaja v človeškem stanju, pomeni, da je Brandy obtičala v fazi učenja. Zato se bo dobro znašla z drugimi, ki so bolj napredni od nje. Od njih se bo učila in morda ji bo to pomagalo doseči naslednjo stopnjo.“

Alfred je nekoliko razumel, vendar ni rekel ničesar.

„Moj sin ne bi pospešil Brandyjinega življenja, zato mu ne bom dovolil, da bi sodeloval v tem boju. Žal mi je, da sem vam zapravljal čas.“

„No, prišel sem vso to pot - kaj mi bo torej škodilo, če se bom z njim pogovoril ob tvoji prisotnosti, ob prisotnosti tvoje žene in matere. Daj mu možnost izbire. Naj se odloči. Če to ni primerno zanj, če menite, da je premlad ali nepripravljen - to bomo razumeli -, a prosim, vsaj se z njim o tem pogovorimo. Poglejmo, koliko lahko razume. Naj bo on tisti, ki bo rekel ne - potem se bom vrnil na letalo in nikoli več me ne boste videli.“

„Ti si labod in letiš z letalom?“ se je glasno zasmejal. Drugi obiskovalci kavarne so se mu pridružili, čeprav niso imeli pojma, zakaj se smeje. Smejali so se, ker je bil zvok smeha Harutovega očeta nalezljiv.

„Povej mi, kaj namerava tvoja ekipa storiti in zakaj. Potem se bom odločil. Če boš prepričal mene, ti bom morda dovolil, da poskušaš prepričati Haruta.“

„Ko umremo, naše duše zapustijo naša telesa in gredo k večnemu počitku v tako imenovani lovilec duš. Vem, da se to razlikuje od tega, kar verjamemo, vendar je res. Furije ubijajo otroke - otroke, ki igrajo računalniške igrice - in nato njihove duše pospravijo v lovilce duš, namenjene drugim dušam. Ko drugi umrejo, njihove duše nimajo kam iti."

Harutov oče je bil nekaj trenutkov tiho.

„Haruto bo pomagal, če bo hotel, sin moj. Povedal ti bo, kakšen je njegov talent. Povedal ti bo, kaj želi, da veš, in se bo odločil."

„Hvala," je rekel Alfred.

Vstala sta, zapustila kavarno in se odpravila do Harutovega doma. Ko so prispeli, so takoj postregli z večerjo in vse seznanili s potekom misije.

„Kaj se zgodi z drugimi dušami? Če nimajo kam iti?" Haruto je odložil jedilne paličice in spil požirek vode.

„Tega ne vemo zagotovo," je odgovoril Alfred. Pogledal je Harutovega očeta, ki je prikimal. „Ampak Rosalie. Se spomnite Rosalie?"

„Da, poznal sem jo in vem, da je umrla," je rekel Haruto. Sedel je zelo vzravnano. „Ali hočeš reči, da njena duša nima doma? Kako ji lahko pomagam priti domov?"

„Vesel sem, da mi hočeš pomagati, Haruto," je rekel Alfred. „Rosalijino dušo varno hranita dva wannabe angela, ki sta v preteklosti pomagala nam in E-Z. Za zdaj je torej z njo vse v redu.

„Preden ti razložim več, me zanima, kakšne posebne moči imaš?"

Haruto je vstal, pogledal očeta, ki je prikimal, nato pa rekel. „Zelo hitro se premikam." In začel se je vrteti, vse hitreje in hitreje in hitreje, dokler ni izginil.

„Uau!" Alfred je rekel. „Ti si kot izginjajoča različica tasmanskega hudiča!"

„Nikoli se ga ne naveličamo gledati v akciji," je rekla njegova mama. Do tega komentarja je bila opazno tiho. „Vrni se, otrok," je rekla. „Vrni se."

Prišel je na isti način, kot je izginil, le da ga tokrat niso mogli videti, kako se vrti, dokler se ni spet pojavil. „Spet sem lačen!" Haruto je vzkliknil. Usedel se je, napolnil krožnik in lačno jedel.

„Ali si vedno lačen?" Alfred je vprašal.

„Vedno," je rekel Sobo in vnuku ponudil še več hrane. Ta je prikimal in bil preveč zaposlen z jedjo, da bi odgovoril.

Ko se je Haruto najedel, mu je Alfred razložil, da bo E-Z-je služilo kot sedež ali baza ekipe. Zadrževal se je in iskal prave besede, da bi jim povedal o nevarnosti, v kateri bodo vsi.

„Preden se strinjate, naj povem, da so Furije zlobna, grozljiva bitja, ki kaznujejo otroke, čeprav niso storili ničesar narobe. Otrokom jemljejo življenja, zaradi slabih misli, ne zaradi slabih dejanj, in drugim ugrabljajo lovilce duš. Ustaviti jih moramo in stvari spet postaviti na pravo mesto. In to so izjemno nevarne in močne boginje.“

Harutov oče je rekel: „Prepovedujem ti, da greš!“

„Toda oče, naučil si me, da se bodo moja dejanja v tem življenju prenesla v naslednje. Zato moram reči da.“ Pogledal je Alfreda in rekel: „Upoštevaj me!“

„Haruto, kot tvoja mati in oče želiva, da ti uspe - vendar želiva, da si v naši bližini, ne pa na drugem koncu sveta s tujci.“

Haruto je vstal s sedeža in se objel okoli babičinega vratu. Šepetala sta si v japonščini, da ju Alfred ni mogel razumeti.

„Sobo pravi, da me bo spremljala, vendar se boji, da je njen čas blizu. Če umre in je ne bo na Japonskem, kako bo njena duša našla pot domov?“

„Z nami sodeluje nekaj nadangelov in nadangelskih pomočnikov. Ti varujejo Rosalijino dušo, in če bi se kaj zgodilo tvoji babici, sem prepričan, da bi zaščitili tudi njeno dušo. Dokler njihovi lovilci duš ne bi bili pripravljeni.“

„Zelo sem ponosen nate,“ je dejal Sobo, "in v veselje mi bo, da se ti bom pridružil na letu. Vesela sem, da bom spoznala tudi preostale otroke superjunake. Ta Sobo bo imel še več vnukov.“ Objela je Haruta.

Harutova mati in oče sta se mu pridružila. To je bil družinski objem. Alfredu so po obrazu kapljale solze. Jok laboda je najbolj žalostna stvar na svetu.

Ko so se razšli, so pobrali posodo in jo dali v pranje. Vsem so postregli s čajem, razen Harutu.

„Pripravil si bom torbo,“ je rekel. „Lahko noč.“

„Rezerviral bom najine polete in ti sporočil podrobnosti,“ je rekel Alfred.

Vrnil se je v hotel in rezerviral svoj let. Nato je vse podrobnosti poslal Charlesu Dickensu. Upal je, da jih bo Charles pričakal na letališču Heathrow in da bodo vsi skupaj odleteli k E-Z-ju.

Po napornem dnevu je Alfred skočil na svojo posteljo kraljične velikosti. Gnetel je blazine in gledal televizijo, dokler ni končno zaspal.

# POGLAVJE 7
## EN ROUTE

KO SO BILI VSI OTROCI na poti v E-Z-ovo hišo, je bilo v zraku čutiti energijo in upanje. Zdi se, da se je ta energija širila z enega konca sveta na drugega. Tako zelo, da je dosegla Furije.

Tri zlobne boginje so plesale okoli ognja, ki so ga v kotlu ustvarile iz kosti mrtvih. Dvignila se je večglava ognjena krogla. Tik pred njihovimi očmi se je razdelila na tri ognjene krogle.

Boginje so ognjene krogle napolnile s povečano energijo, dokler se ni zdelo, da bodo jezne krogle eksplodirale. Nato so jih poslale na pot, da bi našle in uničile upanje, ki je živelo v srcih njihovih sovražnikov.

Prva ognjena krogla se je odpravila proti najbolj oddaljenemu cilju, da bi srečala in uničila E-Z, Lachie in Baby. Ognjeni predmet je na poti razpadal, razbijal se je od hitrosti, dokler ni bil velik kot krogla za kegljanje.

Usmeril se je v nič hudega slutečo trojico, proti kateri je napredoval.

Senzorji E-Z-ovega invalidskega vozička so ga po zaslugi Hadzeve in Reikijeve nadgradnje opozorili na bližajočo se nevarnost. GPS je zaznal hitro premikajoč se neživi predmet, ki je šel naravnost proti njim.

„Nekaj prihaja naravnost proti nam!" E-Z je zakričal. „Pristanimo in se umaknimo s poti."

„Prav," je rekel Lachie, ko je trojica pristala.

Toda goreča krogla jim je sledila, kot da bi imela lasten sledilnik. Ne glede na to, kako nizko so se spustili, jih je neusmiljeno spremljala.

Ustavili so se, lebdeči, združeni v skupine - negotovi, ali naj zdaj pristanejo ali pa naj jo skušajo prelisičiti na drug način. Če bi pristali in bi jim stvar sledila, bi lahko ubila ali poškodovala druge. Niso želeli nikogar drugega spraviti v nevarnost, ker je šlo za njimi.

„Kaj bomo naredili?" Lachie je vprašal.

„Ti in Baby se skrijta, jaz in moj stolček pa se bova spopadla s tem."

„Ne bova te zapustila!" Lachie je vzkliknil in Baby je prikimal.

„Okej, potem se postavi za mene," je rekel E-Z. Vedel je, da sta on in njegov voziček neprebojna, toda ali sta odporna na ognjene krogle? To bo izvedel v 5, 4, 3, 2, 1.

Dojenček je iztegnil vrat, z odprtimi usti, kolikor jih je lahko odprl, spustil rjovenje - in ognjena krogla je šla naravnost vanj. Zmajeve oči so se izbuljile in ustnice so se mu zatresle, ko je v sebi zadržal ognjeno zver. Nato je odletel, Lachie pa se je držal za vrat, letel daleč stran in iskal kraj, kjer bi se znebil stvari, ki ga je pekla v notranjosti.

Končno sta našla kraj, kjer sta ga varno spustila v morje. Dojenček je odprl usta, in ta je odletela ven. Še vedno goreča stvar je drsala po vodi, kot bi bila odločena, da ostane živa, vendar se je na koncu vdala in ugasnila, ko se je potopila v morje.

„Da!“ E-Z je zavpil. „Dobro, Baby!“

Baby in Lachie sta se vrnila k E-Z-u. „Kaj se je zgodilo?“

„Baby je bil neverjeten! Ognjeno kroglo je spustil v morje. Zdaj je le še ena skala.“

„Hvala, Baby,“ je rekel E-Z. „To je bilo malce preblizu.“

„Strinjam se. In Baby si zasluži priboljšek. Nekaj hladnega za njegovo grlo.“

„Karkoli si Baby želi,“ je rekel E-Z. „Pojdimo dol in si odpočijmo, preden bomo nadaljevali.“

Lachie je objel Babyjev vrat in odšla sta dol, da bi se otresla svojega prvega in upala sta, da tudi zadnjega srečanja z noro ognjeno kroglo.

„Misliš, da so bile to Furije?“ Lachie je vprašal.

„Mislim, da ne vedo za nas. Mislim, da vedo, da obstajamo, vendar ne konkretno.“

„Ta stvar se je usmerila na nas. Poskušala nas je ubiti. Kdo drug bi nas želel mrtve?“

„Imaš prav, prišla je naravnost do nas. Verjetno je bilo le naključje. Upam.“

„Ali ne bi smeli opozoriti drugih?“

E-Z je pogledal na svoj telefon. Imel je nič črt. „Moja ekipa se zna obvladati sama in nočem jih prestrašiti. Upajmo, saj je to enkratno.“

✳ ✳ ✳

FURIJE SO POSLALE DRUGI ognjeni disk v smeri Jokohame. Alfredovo in Harutovo letalo je bilo že na vzletni stezi in se pripravljalo na vzlet.

Ognjena krogla je poletela proti njima, vendar je izbrala nesrečno pot - šla je mimo 59 čevljev visokega robota, ki je iztegnil roko, jo ujel in nato zdrobil. Pepel je zgorel na ploščadi pod njim.

Na letališču je letalo Alfreda in Haruta varno vzletelo in dvojica nikoli ni vedela, da sta bila tarča napadov.

TRETJA IN ZADNJA GOREČA krogla je šla v smeri Phoenixa v Arizoni. Več ur je letela naokoli in iskala svoj cilj, vendar ga ni mogla najti.

Mala Dorrit je bila izjemen enorožec, ki je imel na voljo ščit proti odkrivanju in je bil vedno v pripravljenosti. Zaščita njenih potnikov je bila navsezadnje ključna naloga Male Dorrit.

Po brezciljnem letenju je goreča krogla, namesto da bi se s hitrostjo razbila, postajala vse večja, dokler ni bila velika kot komet. Nato se je vrnila domov k svojim zakonitim lastnikom - Furijam.

Ognjeni predmet, ki ni ločil prijatelja od sovražnika, je kričeče Furije več ur preganjal po Dolini smrti. Te so bežale, dokler Tisi ni pričaral uroka.

Najprej se je krogla ustavila v zraku in tri boginje so z zadovoljstvom opazovale, kako je padla v kotel in se prelila z gobovo enolončnico.

Alli je poletela proti njej in pritisnila pokrov.

Nato so Furije vrgle glave nazaj in jo hecnile, medtem ko so plesale, pele in se smejale.

Dokler se v kotlu ni zaslišalo pokanje. Kot zrna popcorna, ki se segrevajo. Zvoki so postajali vse glasnejši, ko se je pokrov kotla od znotraj vdrl in se sčasoma dvignil dovolj, da so lahko novorojene ognjene krogle ušle.

Ker niso imele kam iti, so se usmerile na Furije in jih preganjale, ko so ena za drugo ugasnile.

Prepevajoče, izčrpane in razdražene tri boginje so klicale Eriela, naj jim priskoči na pomoč, vendar se ta tokrat ni odzval.

MEDTEM KO JE SAM letel po nebu, saj sta Lachie in Baby potovala počasneje zaradi Babyjevih stranskih učinkov po zaužitju ognjene krogle, je E-Z ocenil svojo ekipo. Nekajkrat je v vrsti prejel sporočila, ki so potrjevala, da tudi oni mislijo nanj.

Lia je poslala sporočilo, ki je potrjevalo Brandyjine sposobnosti, Alfred pa je storil enako glede Harutovih sposobnosti.

E-Z jima ni odgovoril s sporočilom o Lachiejevih sposobnostih. Namesto tega je želel pregledati stvari, da bi videl, kako se bodo njegove sposobnosti in sposobnosti njegove ekipe sedmih (vključno s Charlesom) odrezale proti trem močnim, a zlobnim boginjam.

V mislih si je naredil popis in se spomnil na prednosti svoje ekipe:

Jaz znam leteti, prav tako moj stol. Smo neprebojni in jaz sem izjemno močan. Sem dober vodja, sem pameten in imam močno empatijo.

Lia je spodbudna, empatična, prijazna, pametna in zna brati misli in v prihodnost.

Alfred je odločen, inteligenten in kot najstarejši član s starostjo moder. Je empatičen, včasih zna brati misli in lahko zdravi bolne.

Lachie komunicira z bitji. Je samotar, vendar to ni njegova krivda. Je empatičen in inteligenten. Zna preživeti kljub vsemu in njegova sposobnost maskiranja mu bo prišla prav.

Haruto je najmlajši, vendar je preživeli. Sposoben se je zaviti v nevidnost.

Brandy je že umrla - večkrat - in se ponovno vrnila v življenje. Zagotovo je preživela.

Nenazadnje je Charles Dickens. Njegove sposobnosti niso znane. Vendar je pameten, empatičen in se zna prilagajati.

S telefonom je, ko mu je bilo dovolj barik, na spletu poiskal zgodovinske dokumente, da bi ugotovil, kakšne sposobnosti naj bi Furija prinesla:

Nadčloveška moč.

Vzdržljivost, vključno z visoko toleranco za bolečino.

vitalnost.

Spretnost, podobna pajkovi.

Odpornost na poškodbe in superhitro zdravljenje.

Letenje.

Spreminjanje oblik - v podobo druge osebe.

Nevidnost.

Svojim žrtvam lahko povzročajo bolečino.

Meg lahko izloča parazite. FUJ.

Čakajte trenutek, piše, da so Furije v preteklosti predstavljale pravico. Pravi, da so v preteklosti škodovale le hudobnim in krivim ... da se dobrim in nedolžnim ni bilo treba bati. Kaj se je torej spremenilo? Zakaj so začutile potrebo, da ubijejo nedolžne otroke in za to uporabijo igro?

Bral je dalje in se spraševal, kako točno so ubijali otroke. Po legendi Furije nikoli niso fizično poškodovale nobenega od krivcev. Namesto tega so uporabile občutek krivde - da bi jih spravile v norost.

Spomnil se je na dečka, ki ga je skušal ustreliti. Prepričale so ga, da bodo, če ne bo storil, kar so mu rekle, škodile njegovi družini. Spraševal se je, kje je ta otrok zdaj. Je bil v enem od lovilcev duš?

Še naprej je iskal, da bi ugotovil, ali so Furije zmožne usmiljenja, a ni našel nobenega dokaza za to.

Na seznam je dodal nekaj, kar so že vedeli - Furije so bile smrtnice. To je bila ena od skupnih lastnosti z zlobnimi boginjami, zato bo moral s svojo ekipo najti način, kako to izkoristiti v svojo korist.

Lachie in Baby sta dohitela E-Z.

„Kako je z Baby?" je vprašal.

„Zdaj mu gre bolje," je odgovoril Lachie.

Baby je odvrgel glavo nazaj, izustil rjovenje in se pognal naprej.

„Počakaj me!" E-Z je zaklical.

# POGLAVJE 8

## FURIES

Z UMAZANIM OBČUTKOM UPANJA, KI je še vedno smrdel po zraku, so Furije čakale. Popravile so si zažgana oblačila in si uredile zažgane lase. Na srečo so kače ostale nepoškodovane. Da bi se naredile privlačne za prihod svojega skorajšnjega gosta.

Bil je njihov dobrotnik. Tisti, ki jih je pripeljal nazaj na Zemljo. Predlagal jim je, naj si uredijo bazo v neopaznem osrčju Doline smrti.

Pred odpovedjo ognjene krogle so videli znamenja. Znaki, da se zdaj vse obrača proti njim. Spremembe so bile dobre, vendar le, če so jih imeli pod nadzorom. Njihov čas je prišel. Pripravljeni morajo biti na premik. Stvari so se obračale v njihovo korist. Vse, kar so morali storiti, je bilo počakati na to. Nato morajo biti pripravljeni na napad.

„Eriel," je siknila Meg.

Nadangel, njihov ljubljeni vodja, je končno prišel.

„Kaj je novega?" Tisi je vprašala. „Odvračamo se od vsega tega upanja v zraku."

„Ja, to upanje nas spravlja ob pamet," sta peli Tisi in Allie, medtem ko sta plesali okoli gorečega ognja.

Opazoval ju je, kako plešeta goli kot banshee. Praskali sta z biči, medtem ko so se kače, ki sta jih imeli za roke in lase, naključno drsale in pljuvale.

Eriel se je kot črn oblak spustil nad njiju, pristal in nato sklenil krila. Zaradi njegove ogromne postave so bile Furije videti kot lutke. Stal je z rokami na bokih, nato pa je pokleknil, da bi stopil na isto raven kot oni. Tako se je spustil na njihovo raven, hkrati pa ostal nad njimi. Želel je, da bi vedeli, da delajo zanj in ne obratno. Bil je utrujen od tega, da je sestram to vsiljeval, vendar se je bal, da je to edini način, da jih drži v šahu.

„Ni upanja - ne zdaj, ko delamo skupaj," je rekel Eriel. „In ne smeš se smejati. No, mislim, da se lahko smejiš. To sem storila, ko sem prvič slišala, da pošiljajo ekipo otrok, da bi te ubili."

Furije so bile histerične. Njihovi glasovi so odmevali po Dolini smrti in prestrašili vse ptice.

„Ti idioti!" Meg je dejala.

„Te otroke bomo pojedli, za zajtrk, kosilo in večerjo," je rekla Tisi in si obliznila ustnice.

„Mi ne jemo otrok," je rekla Alli. „Ampak ti si smešna, sestrica. Vse, kar hočemo, so njihove duše. In ne morem se spomniti, ZAKAJ jih hočemo. Pojasni še enkrat, draga sestrica."

Meg je dejala: „Izpolnjujemo Erieline ukaze. Želi lovilce duš in mi mu jih priskrbimo. Ko bomo izpolnile njegove zahteve, bomo spet hčere Nyxa - Dobrotnice - in bomo vladale noči ter počele, kar se nam zahoče."

„Če bom želela okusiti enega od otrok, bom to lahko storila, kajne?" Tisi je vprašala. „Vedno me je zanimalo, kakšen okus imajo." Zavihala je oči in zavohala zrak. Kača na njeni glavi se je pognala proti njemu.

Eriel se je posmehnil. „To niso navadni otroci, kot so tisti, ki jih zasleduješ v igri. To so nadarjeni otroci z močmi in sposobnostmi. Kljub temu te bom obveščala in potreboval boš mojo pomoč."

„Vašo pomoč? Da bi premagali otroke, navadne dojenčke?!" Trojica se je zasmejala in se s svojimi močnimi netopirskimi krili dvignila od tal. „Premagali jih bomo, še preden bodo udarili." Kače so sikale in pljuvale v znak strinjanja.

„Kot smo to storili v beli sobi. Kot smo to storili z njihovo prijateljico Rosalie. Ni nam hotela povedati, koga so poslali po nas. Želeli smo vedeti in bili smo utrujeni od čakanja, da nam to poveš ti. Zato smo jo odstranili,“ je rekla Meg.

„Da, in skoraj si izročila igro! Poleg tega je škoda, da niste pobrali njene duše in jo dali v lovilec duš,“ je dejal Eriel. „Sedaj so še ostali odprti konci. Neizpolnjeni konci lahko postanejo vodniki za tiste, ki jih iščejo.“

Pogledala sta v nebo in zagledala črto barv, podobno mavrici, ki se je raztezala od ene do druge strani. Le da to ni bila mavrica, ampak energija. Energija tistih, ki so jih nadangeli rekrutirali, da bi naredili tisto, česar sami niso mogli.

„Vemo, da prihajajo - in proti nam ne bodo imeli možnosti!“ Tisi je zavpil.

Uspelo jim je premagati tiste infantilne ognjene krogle, ki ste jih poslali!“ Eriel je vzkliknil. „Tako slab in amaterski poskus, kot je bil! Zaradi njega me je bilo sram, da delam z vami! Še dobro, da nihče ne ve za najino povezavo.“

S stisnjenimi pestmi in zobmi Furije niso napredovale, dokler Alli ni prebila ledu.

„Sestre, njegovo mnenje o nas ni pomembno. Storile smo vse, kar je bilo v naši moči. Bilo je vredno poskusiti. Poleg tega imamo na voljo že veliko duš.“ Premešala je lonec in na zajemalko srknila nekaj juhe, nato pa jo izpljunila. „Preveč soli,“ je rekla. Dodala je vodo, nato divje gobe in nekaj mladega krompirja. „In vsak dan zbiramo več otroških duš. Utrujena sem od tega, da tukaj čakam, da otroški superjunaki pridejo k nam. Da se bodo organizirali. Ko bodo vsi skupaj, zakaj jih ne bi preprosto UBILI?“

„Sestra, morate biti potrpežljivi.“

„Utrujena sem od potrpežljivosti. Utrujena sem od - preprosto in preprosto sem utrujena,“ je rekla Alli. Premešala je in potem ko je v juho vmešala nekaj divjih zelišč in začimb, jo je poskusila in bila je dobra. „Večerja je pripravljena,“ je rekla.

„Boste potrpežljivi in ne boste ukrepali - razen če vam ne rečem, da morate ukrepati. To je moja igra in povabila sem te, da jo igraš. Brez mene ste le tri nekoristne boginje, ki prespijo preostanek svojega življenja.“ S škornjem je brcnil pesek. „In res je škoda, da morate uživati človeško hrano. Precejšen padec - saj zdaj za preživetje potrebujete hrano. Ko bom zavladal zemlji in bodo tu prebivali vsi Lovci duš, bom udaril po **ZEMLJANSKI PAUZI.** Vladal bom Zemlji in če boste pravilno igrali igro. Če boste ravnali tako, kot od vas zahtevam, potem boste na moji strani. Deležni bomo dobitkov. Če boste šli proti meni, se boste vrnili v prah."

Ko je izrekel besedo prah, je razprl roke in krila, se dvignil od tal in izginil.

Furije so med srkanjem juhe skupaj prepevale. Kače, ki so bile najbolj lačne, so jo polizale, in čeprav so očistile lonec, so si še vedno želele več.

„Zdaj, ko ga ni več," je rekla Meg, "se pogovorimo o svoji končni igri."

Tisi in Alli sta se zjokali.

„Eriel verjame, da nam bo povrnil stanje boginje, vendar ne bomo dovolile, da ta nadangel prevzame oblast nad zemljo. Kdo lahko reče, da nas ne bo pustil v prahu, ko bomo opravili vse delo? Nadangeli ne držijo vedno svojih obljub. Tudi nam ni treba držati svojih, kajne, sestre?"

„Kdo misli, da je Izbranec?" Alli je vprašala.

Meg se je zasmejala. „Nič in nihče ga ni izbral - a ga še vedno potrebujemo."

„Da," je rekla Tisi. „Njegova samovšečnost je njegova pomanjkljivost." Znižala je glas do šepeta: „Vsakič, ko spregovori, oslabi samega sebe. Vsakič, ko izdaja druge nadangele, razdaja malo več svoje moči.“

Sestre so ponovno zapele:

„Kri rekrutiranih otrok bo jutrišnja juha.

Ko bomo večerjale, se bomo zabavale s hula-hoopom,“

Meg je prevzela pesem,

„Dojenčki, otroci, hudobni malčki in krivi kot gnoj

Če bomo dobili vso srečo, bomo rekli, da jim bomo odnesli glave!“

Alli je zapela,

„Hčere teme proti otrokom, ki nimajo pojma.

Še preden bomo končali, bo nebo prekipevalo od krvi!“

Kikirikali so in sikali, prasketali z biči in plesali, medtem ko se je luna na nebu vzpenjala vse višje in višje. Izčrpani so padli na tla in zaspali v zemlji. Kačam je bil ta položaj bolj všeč - in tudi spale so - kot pa da bi vso noč sikale in se premikale naokoli.

„Lahko noč, sestre,“ so rekle v obhodih, tako kot so videle, da so to počeli ljudje v oddaji The Walton's na televiziji prek svojega satelitskega krožnika. To je bila ena njihovih najljubših oddaj. „Zjutraj bomo ponovno pregledali načrt.“

# POGLAVJE 9

## PAFHS9

**Z**a**S**am in **S**amantho je bilo to tekmovanje, saj sta čakali, katera skupina otrok bo prva prišla nazaj. Zmagovalec bi z dvojčkoma vstajal vsak večer ves mesec, zato so bile stave visoke.

Sam je izbral E-Z, Lia in nato Alfreda. Samantha je izbrala Alfreda, E-Z in nato Lia.

„Ampak E-Z je v Avstraliji," je odvrnila Samantha. „Tako boš izgubila. Na tebe bom mislila - NE - ko bom mesec dni prespala noč."

„Izbrala si Alfreda in on leti z letalom! Saj veš, kako so vedno preveč zasedena in kako se redko držijo svojih voznih redov. Medtem ko E-Z lahko prihaja in odhaja, kakor se mu zljubi, in njegov invalidski voziček potuje neverjetno hitro! Tako zelo bom zmagal in tako zelo sem prepričan, da bom posladkal stavo in določil šest mesecev. Ali ste pripravljeni povečati stavo?"

Samantha je pretehtala to novo ponudbo. Takšne stave bi lahko škodile zakonu, poleg tega jima je že tako primanjkovalo spanja, saj sta se oba vsako noč zbujala, da bi se posvetila dvojčkoma. Objela ga je: „Naj bo preprosto. En mesec.“

„Piščanec,“ je rekel Sam in objel ženo. Poljubil jo je na čelo, medtem ko je Jill zavpila, čemur se je kmalu pridružil tudi Jack. „Jaz grem,“ je rekel.

„Pojdiva skupaj,“ je rekla Samantha, prijela moževo roko v svojo in odšla sta po hodniku.

Mala Dorrit se je z največjo hitrostjo vrnila.

„Ali ne greva dol po pijačo?“ Brandy je vprašala.

„Samo ne,“ je rekla mala Dorrit.

„Daj,“ je rekla Lia, “to bo trajalo le nekaj minut.“

„Nočem te prestrašiti,“ je rekla Mala Dorrit, “vendar imam slab občutek in želim, da čim prej odidemo z odprtega prostora.“

„Dobro,“ sta se strinjali dekleti.

Ko sta bili že skoraj doma, je Lia poslala sporočilo Samanthi, da bosta čez nekaj minut doma.

„Ah, obe sva se motili!“ je rekla.

„Toda ena od naju bo še vedno morala vsako noč vstajati z dvojčkoma,“ je rekla Sam.

„Bova se menjavala," je rekla Samantha, ko sta s Samom zdaj, ko sta se dvojčka spet namestila za spanje, odšla na vrt. Kmalu je zagledala Little Dorrit, ki je prihajala na pristanek.

Lia in Brandy sta skočili z njega.

„To je bilo res super," je rekla Brandy. „Hvala, mala Dorrit." Objokovala je samoroga, ki ji je odgovoril: „Ni kaj."

„Ja, hvala, da si poskrbel za naju," je rekla Lia.

„Ali je bilo pri skrbi za vas kaj težav?" Sam je vprašal.

„Nič, česar ne bi zmogla," je dejala Mala Dorrit. „Zdaj, če me nekaj časa ne potrebujete, bi rada prinesla nekaj vode in prigrizek."

„Pojdi," je rekel Sam, "in hvala, da si poskrbel za naša dekleta."

Mala Dorrit je pomežiknila Samu, nato je odšla in se kmalu izgubila izpred oči.

Po predstavitvi s Samom in Samantho je Brandy poklicala domov, da bi mami sporočila, da sta varno prispela.

Nekaj ur pozneje so prišli Alfred, Charles, Haruto in njegova babica. Tako kot prej so se tudi tokrat predstavili, pri čemer sta se jim pridružili še Brandy in Lia.

„Ti ne moreš biti THE Charles Dickens," je z dvignjenimi obrvmi dejala Brandy. „In ti si še otrok, ki je komaj shodil iz plenic," je rekla Harutu, ki se je v odgovor zavil v nevidnost.

„Ups!" Brandy je vzkliknila. „Ti pa si velik pernat labod! Kako nam boš pomagal premagati Furije!"

„Najprej," je začel Alfred, "si veliko bolj nesramen, kot bi moral biti. Celo tako neizobražen labod, kot sem jaz, se zna obnašati."

„Anata wa gakidesu!" Harutova babica je dejala, kar v prevodu pomeni „Ti si berač!"

Nevidni Haruto se je zahihital.

Lia se je vmešala in se opravičila: „Jaz ji bom to povedala. Ona je v redu. Samo daj ji nekaj časa, da se uveljavi," je rekla. „Do zdaj, ko sem se sama prepričala, kaj Haruto zmore, nisem vedela, kaj lahko naredi." Dečku je rekla: „Vrni se, Haruto, prosim. Ni hotela prizadeti tvojih čustev."

„Žal mi je," je rekla Brandy in pogled usmerila v tla.

Haruto se je vrnil in se približeval in oddaljeval. Stal je z roko okoli babičinega pasu. Alfred in Charles sta se jima približala.

„Pravkar sva prišla z letala in sva utrujena - zato se bova šla osvežit. Ko se vrnemo, pričakujem, da ji boš nataknil povodec ali ji na usta nataknil kos lepilnega traku. Ali pa jo naučite nekaj manir," je dejal in se z ostalima dvema odpravil po hodniku.

„Vau!" Brandy je rekla. „Preprosto WOW! Rekel sem, da mi je žal."

„Ne, imel je prav," je rekla Lia.

Samantha je rekla: „Zdaj si v naši hiši in ne bomo dovolili, da bi bila do kogar koli nesramna."

Sam si je sklenil roke na prsih, ravno ko sta dvojčici spet zavpili.

„Gotovo sta lačna. Brez skrbi, zmorem," je rekla Samantha, a preden je odšla, se je zazrla v Brandy.

„Brandy, ti si na čudnem kraju, kjer ne poznaš še nikogar razen Lije in Male Dorrit," je rekla Sam. „Če želiš biti del te ekipe, da bi premagala Furije - potem moraš delati skupaj. Žaljenje soigralcev ni učinkovit način za začetek. Predlagam, da se ob njihovi vrnitvi še enkrat opravičiš, kot da misliš resno, in prosiš, da lahko začnemo znova."

Brandy so se oči napolnile s solzami: „Bila sem samo presenečena, ko sem videla druge člane ekipe, s katerimi bom delala. Vendar imaš prav, še enkrat se bom opravičila in prosila za novo priložnost. Upam, da mi bodo odpustili. Mama vedno pravi, da sem preveč odkrita za svoje dobro."

Lia se je nasmehnila. „Alfreda boš vzljubila, ko ga boš spoznala. To je prvič, da sem tudi Charlesa spoznala v živo. Charles je v čudnem položaju. Ko je bil star deset let, se je pisalo leto 1822. Pomislite na to. In tudi Haruta in njegovo babico srečam prvič."

„To je noro! Takrat je bil predsednik James Monroe - in bil je naš peti predsednik!" Brandy je hlipnila. Nežno je s komolcem potisnila Lio: „Mama in oče bi bila nadvse navdušena, da sem si zapomnila to informacijo! In ta otrok, mislim Haruto, se mi zdi, da je veliko premlad, da bi tvegal svoje življenje."

Lia se je zasmejala in Sam se ji je pridružil, potem pa je slišal, da ga žena kliče na pomoč pri dvojčkih, in odhitel iz sobe.

Charles je odgovoril: „Ko sem bil nazadnje tukaj, je bil na prestolu Jurij IV. Vsaj ni mi treba skrbeti, da bi se naslednje leto vrnil v delavski dom," je dejal z nasmehom, ki pa je hitro zbledel.

Lia je nehote zajokala, Brandy pa je planila v jok in rekla: „Zelo mi je žal, Charles."

„Aha, torej si že slišala za delavske domove," je rekel. „Toda jaz sem tukaj in sem jih preživel ter očitno svoje izkušnje uporabil za pisanje o likih, kot sta Oliver Twist in Mala Dorrit, če omenim samo dva. Da, na internetu sem bral o sebi in moram vam povedati, da sem navdušil celo samega sebe.“

„Še nisi spoznala malega Dorrita, ki je enorog,“ je dejala Lia. „Odšla je na osvežitev, vendar se bo kmalu vrnila.“

„Kdo?“ Charles je vprašal.

Mala Dorrit se je na ukaz ponovno pojavila in zakrožila nad njihovimi glavami ter hitro pristala.

„Mala Dorrit, to je Charles Dickens. Charles, to je Mala Dorrit,“ je rekla Lia.

Charles je ostal brez besed, ko se je prijazni enorožec stisnil k njemu. „Nikoli si nisem mislil, da bom srečal enoroga.“

„V veselje mi je, Charles,“ je rekla mala Dorrit.

Charles je zavzdihnil: „In to pametnega in govorečega!“ Imel je milijon vprašanj, ki bi ji jih lahko zastavil, vendar so morala počakati, saj so na nebu pristajali E-Z, Lachie in Baby. „Sem buden ali sanjam?“ Charles je vprašal. „Stisni me, da se prepričam.“

Ko je Baby pristal in je Lachie stopil z njega, so se vsi predstavili, medtem ko je E-Z hitel v notranjost, da bi uporabil kopalnico. Ko se je vrnil, sta se jim pridružila

Sam in Samantha z dvojčkoma v povorki, Haruto in Alfred.

„Vsa druščina je tukaj," je dejal Alfred.

„Ali lahko govorim s tabo in Harutom?" je vprašala Brandy. Ko sta prikimala, je rekla: „Zelo, zelo mi je žal. Prosim, odpustite mi za mojo nesramnost in mi dajte drugo priložnost." Pogledala je na svoje noge.

„Začnimo znova," je rekel Alfred.

„Saikai suru," je rekel Haruto in prevedel: "Kar je rekel."

„Anata wa yurusa rete imasu," je rekla Harutova babica, kar v prevodu pomeni: "Odpuščeno ti je."

Dojenček in mala Dorrit, ki sta stala drug ob drugem, je bil zelo nenavaden pogled. Mala Dorrit ni bila majhna, saj je bila enorog, visok več kot osem čevljev, medtem ko Baby ni bil otrok, saj je bil visok več kot osemnajst čevljev.

„Mislim, da bosta morala vi dva - v mislih imam Baby in Little Dorrit - najti drug prostor za spanje, saj vrt ne bo dovolj velik za vaju dva," je dejal E-Z.

Mala Dorrit je rekla: „Poznam kraj, kjer lahko dobiva kaj okusnega za jesti in tudi nekaj vođe."

„To se mi zdi dobro," je rekel Dojenček.

Harutova babica je otroka potrepljala po glavi in vprašala: „Josha wa dodesu ka?", kar v prevodu pomeni: „Kaj pa vožnja?"

Otrok je rekel: „Tashika ni, tobinotte!", kar v prevodu pomeni: „Seveda, skoči!"

Haruto je pritekel in rekel: „Matte watashi o wasurenaide!", kar v prevodu pomeni: „Počakaj, ne pozabi name!"

Dojenček se je spustil navzdol, da sta se Haruto in njegova babica lahko povzpela na njegov hrbet. Odletela sta, mala Dorrit pa jima je sledila v bližini.

Sam je rekel: „Mislim, da bi se morali vsi namestiti, jutri pa se lahko pogovarjate in načrtujete po mili volji."

„Dobra zamisel," je dejal E-Z, ko je Baby odložil Haruta in njegovo babico. Sobo so se lasje naježili, kot da bi vtaknila prst v vtičnico.

Ker je Harutova babica ostala brez besed, jo je Samantha odpeljala v njeno sobo. „Haruto spi v moji sobi," je rekla.

„Seveda, takoj se vrnem." Odpravila se je po hodniku do sobe E-Z.

„Kako je bilo?" E-Z je vprašal Haruta.

„Subarashi!" je vzkliknil, kar v prevodu pomeni: "Fantastično!"

„Danes so nam dostavili otroško posteljo in nekaj pogradov," je rekla Sam, "tako da Haruto, Charles in Lachie, vi ste z E-Z in Alfredom v njuni sobi. Alfred spi na koncu E-Z-ove postelje."

„Hvala," je dejal E-Z, ko so se odpravili v njegovo sobo. „Mimogrede," je rekel, ko so ostali sami, "je imel kdo od vas težave na poti nazaj?"

Alfred je rekel, da ne.

„Kaj pa ti, Lia?" je vprašal v mislih.

„Ne."

„Kaj se je torej zgodilo?" Alfred je vprašal.

„No, na naši poti je bila ognjena krogla."

Lia je zavzdihnila.

„Toda po zaslugi Babyjeve hitre misli je bila uničena."

„Kako mu jo je uspelo uničiti?" Alfred je vprašal.

„Baby jo je pogoltnil in jo nato spustil v ocean."

„To je strašljivo," je rekel Haruto.

„Še vedno me malo skrbi za Babyja," je dejal E-Z, "ker sem na poti nazaj opazil, da je nekajkrat kašljal in kihnil."

Lachie je rekel: „Ena iskra mu je celo poletela iz ust in nosnic. Pravi, da je z njim vse v redu, vendar ga budno spremljam.“

„Ne moremo ga ravno odpeljati k veterinarju, kajne?“ Alfred je rekel.

Haruto se je zasmejal in se zasmejal.

„Kaj je tako smešno?“ E-Z je vprašal.

„Hyoryu Doragon,“ je rekel. „Hyoryu Doragon!“ - kar v prevodu pomeni zmajev veterinar - in spet je zajokal od smeha.

Alfred in E-Z sta skomignila z rameni, prav tako Charles, ki je spremenil temo in vprašal ostale, ali menijo, da bi si morali izmisliti novo ime za svojo ekipo, saj jih je zdaj sedem namesto treh.

„Morda,“ je rekel E-Z.

„Katere so naše ključne značilnosti?“ Charles je vprašal.

„Obljuba,“ je predlagal Haruto, ko se je pomiril in se prenehal smejati.

„Aspiracija,“ je rekel Charles.

„Vera,“ je rekel E-Z.

„Upanje,“ je rekel Alfred.

Samantha je nekaj minut poslušala pred vrati. Vsi so zveneli dovolj prijazno, zato se je vrnila, da bi se pogovorila s Harutovo babico.

„Haruto se je namestil med druge fante in se pogovarjajo. Če želite, ga lahko jutri preselite sem. Tam ima svojo posteljico. Načrtujejo novo ime za svojo ekipo superjunakov - zato nisem želela prekiniti njihovega brainstorminga.“

Harutova babica je prikimala: „Hvala.“

Lia in Brandy sta bili zdaj vključeni v pogovor med sobami.

„Moč x 7,“ sta predlagali dekleti.

„Včasih lahko bere naše misli,“ je potrdil E-Z.

Charles je vzkliknil: „Kaj pa PAFHS7?“

„Všeč mi je,“ je dejal E-Z, „toda ali nismo pozabili na dva ključna člana naše ekipe? Mislim na Malo Dorrit in Baby. Sta sestavna člana in sta nam že nekajkrat rešila zadnjico.“

Alfred je ponovil besede, prav tako tudi Haruto.

„Kaj pa PAFHS9!“ Lia in Brandy sta zapeli.

PAFHS9 si nista mogla pomagati, smejala sta se - dokler nista zaslišala, da se nekdo sprehaja nad njunimi glavami na strehi.

„Kaj za vraga je bilo to?“ E-Z je vprašal.

„Yoo-hoo! To smo mi!" Rafael je rekel. „Eriel in jaz.

# POGLAVJE 10

## GLASEN HRUP NA STREHI

KO SE JE **v**KOPALNEM PLAŠČU odpravil ven, da bi raziskal hrup na strehi, se je spraševal, ali je božič prišel zgodaj. Ni mogel videti, kdo je bil tam zgoraj, dokler ni stal sredi travnika pred hišo.

„Šššš!“ je zašepetal. „Pravkar smo uspavali otroke.“

Nadangeli niso odgovorili. Namesto tega sta povešala glavi kot dva skregana otroka.

„Bi rada vstopila v notranjost?“ je vprašal.

„Najlepša hvala,“ je odgovoril Rafael.

**POOF**

**POW**

Ona in Eriel sta izginila.

Sam se takoj ni premaknil s travnika. Noge je imel mokre od rose na travi, in ko je stisnil pesti v žepe halje, je opazil, da Mala Dorrit in Baby krožita okoli hiše.

„Je tam spodaj vse v redu?" Mala Dorrit ga je vprašala.

„Da," je rekel Sam, "vendar za vsak primer ne hodi predaleč. Zapiskal bom, če bomo potrebovali pomoč." Pomahal je in se vrnil v hišo, ki je bila zdaj polna glasov in škripanja stolov. Stisnil je zobe in upal, da dvojčka mirno spita. V kuhinji je opazil, da so se vsi zbudili, razen Harutove babice.

Rafael, ki je sedel na čelu mize, je zdaj spominjal na žensko, ki je bila oblečena kot medicinska sestra v hotelu, ko so Alfredu rešili življenje. Njena dolga, plapolajoča obleka, podobna maturantski, je povečala njen status med drugimi, kot da bi bila sedeči profesor ali sodnik.

Eriel pa je spremenil svoj videz, tako da je bil videti kot pokojni pevec, katerega zaščitni znak je bil, da je bil od glave do pet oblečen v črno, vključno s sončnimi očali s temnimi obrobami.

„Ali potrebujemo več stolov?" Samantha je vprašala.

„Mislim, da je vse v redu," je rekel Sam. „Upam, da to ne bo trajalo dolgo. In E-Z, ti boš sedel na drugem koncu mize, saj si naš izvoljeni vodja."

„Uh, hvala," je rekel E-Z in se premaknil na svoje mesto. „Kaj za vraga počneta tukaj sredi noči?"

Brandy se je zasmejala: „In kdo je rekel, da sem jaz nesramna?"

Lia je rekla: „Pššš."

Rafael je pogledal vsakega od otrok. To je bilo prvič, da je videla Haruta, Charlesa, Brandy in Lachie. Vsi so bili tako neverjetno mladi in pogumni. Njene oči so se orosile, ko je pogled uprla v E-Z. Sklonila je glavo.

E-Z je počakal, potem pa se je zavedel, da ga Rafael prosi, naj ji dovoli govoriti. Prikimal je.

Preden je spregovorila, si je Raphael popravila svoja nova očala. Zaradi njenega dejanja je E-Z popravil svoja stara očala, ki jih na željo prvotnega lastnika ni nikoli umaknil z obraza.

Charles, ki je zelo neobičajno postajal vse bolj nestrpen, je vprašal: „Gospa, zakaj sem tukaj kot desetletni deček, ko pa bi bil za to ekipo veliko bolj koristen kot odrasel."

„TIŠINA!" Eriel je vzkliknil in s pestmi udaril po mizi. „Imamo besedo. Govorite, sestra, saj ti otroci postajajo vse bolj nestrpni. Njihove oči utripajo in curljajo po sobi. Kot da pričakujejo, da jih boš vrgla v vroče kadi z voskom!"

„Nesramno!" Brandy je vzkliknila. „Ne bojim se te!"

„Šššš," je zašepetala Lia.

Charles se je nasmehnil Brandy.

„Moral bi se te bati," je Eriel rekel z grimaso. „Zelo se bojim."

„Red! Red!" Rafael je zaklical in počakala je, da so vsi sedeli in se bolj umirili. „Danes zvečer smo tukaj zaradi VAŠE koristi." Rafael je rekel precej glasneje, kot je pričakovala.

„Tukaj! Tukaj!" Eriel se je vmešala.

„Kako to?" E-Z je vprašal.

„Povedala ti bo, če se boš umiril!" Eriel je izjavila.

Rafael je ponovno počakal, preden je ponovno spregovorila.

„Ni časa za domišljijske načrte ali zavlačevanje. Furije pustošijo, vsak dan bolj s piratskimi lovilci duš. Stare duše mečejo v odprto praznino. Tam zunaj je popoln kaos! In z vsako sekundo, vsako minuto, vsako uro vsakega dne ustvarjajo še več. Skratka, ustaviti jih je treba. Takoj."

„Ampak..." Alfred je rekel: „Niste niti omenili otrok."

Eriel se je dvignil s stola. Pogledal je v Alfreda in ga prisilil, da je odvrnil pogled. „Še ni končala.“

Rafael je tokrat nadaljeval brez oklevanja.

„Eriel in jaz sva tukaj, da ti svetujeva - ne da bi bila neposredno vpletena. Najino poslanstvo je pomagati vam, da si pomagate in rešite otroke.“

E-Z to ni bilo všeč, sploh ne. S pestmi je udaril po mizi.

„Dogovorili smo se, da se bomo borili proti Furijam. Najprej se moramo pripraviti in oblikovati načrt. Ko bomo pripravljeni, jih bomo uničili. Če ste prišli sem, da bi nas pognali, da bi nas potisnili v bitko, preden je čas pravi, potem bi se kot izvoljeni vodja rad umaknil. Smo le otroci, vi pa od nas zahtevate, da tvegamo svoja življenja. Nisem, nismo pripravljeni iti naprej, dokler ne bomo popolnoma pripravljeni.“

Lia je prva vstala in začela ploskati, ostali člani njene ekipe pa so se ji pridružili.

„To, kar je rekel,“ je Alfred zagodrnjal, saj labodi ne znajo ploskati.

„Počakaj!“ Rafael je rekel. „Nismo prišli, da bi vas potiskali, ampak da vam pomagamo.“

Erielova barva se je iz bele spremenila v rdečo, kar je bilo v skrajnem nasprotju z njegovo črno obleko. E-Z in drugi so opazovali, kako arhangelova polt še naprej postaja rdeča, in se bali, da mu bo glava eksplodirala.

„Umirite se in sedite!" Rafael je ukazal. Eriel je nekajkrat globoko vdihnil in se usedel na svoj sedež.

Rafaela je ostala mirna z dvignjeno glavo. Odrinila je svoj stol in se dvignila. Dvigala se je, dokler se ni dvignila nad ostale. Usedla se je, kot bi se peljala na čarobni preprogi, in nagnila glavo v desno, kot bi pozirala za selfi.

„Zavezani smo vam in nalogi, vendar so naše moči omejene. Če poznate pregovor 'v duhu smo tu za vas', - potem smo to mi. Danes smo s tem, ko smo prišli sem, na vaš dom, razbili vsa pravila. To smo storili v nasprotju z nasvetom nadrejenih in v nasprotju z zdravo pametjo.

„S tem, ko smo prišli sem, smo se izpostavili nevidnim in neznanim nevarnostim, vendar ste vredni tveganja. Zato smo se odločili, da pridemo in vam osebno ponudimo svojo pomoč."

„Prav tako razumemo, da ste oblikovali načrt, mi pa smo tu kot vaši svetovalci. Lahko ga preizkusite na nas, da vidite, ali bo uspel. Če bomo opazili kakšne pomanjkljivosti, vas bomo nanje opozorili in vam pomagali."

E-Z je pogledal člane svoje ekipe, ki so se spet usedli nazaj. „Razmišljamo o možnosti, da bi boginje potegnili v igro in jih tam premagali.“

„Aha, razumem,“ je rekel Rafael. „Verjamete, da jih lahko premagate v njihovi lastni igri, tako rekoč pametni. Precej pameten, a bojim se, da ne dovolj pameten.“

„Kaj imaš v mislih?“

„Ugotovili so, kako manipulirati in nadzorovati vse igralce v svetu iger. Poznajo vse trike v knjigi - ker je industrija poskrbela, da je to enostavno, ko si enkrat v igri. Če hočeš igrati, moraš ubijati. Če želite napredovati, morate ubijati. Če želite zmagati, morate ubijati.

„V svetu iger E-Z boste morali ubijati tudi vi. Ko to storite, ste poštena igra za Furije. Ujamejo lahko vsakega od vas, enega za drugim. Tam ne morete obstati kot ekipa. Ekipe v igri so le iluzije. Noben igralec ne bi bil izvzet iz njihove maščevalne zarote.

„Zapomnite si, da imajo boginje nalogo, da kaznujejo nekaznovane. In sledijo mu do potankosti, brez „če“, „in“ ali „ampak“. Vendar pa v svojo korist izkoriščajo sivo območje. Nič jih ne more ustaviti - če se držijo mandata.“ Ustavila se je in pogledala Eriel: „Želiš kaj dodati?“

„Na tvojem mestu,“ je rekel, “bi jih napadel kar na odprtem. Kjer in ko bodo to najmanj pričakovali. S tem bi se postavil v položaj moči in jih naredil ranljive.“

„Če nas ne vidijo ali če ne slutijo, da jih prihajamo pobrat,“ je rekla Brandy. „Še vedno ne razumem, kako ubijajo otroke. Moramo jih videti, da bi to razumeli in da bi vedeli, proti čemu smo se spopadli. Rekla sem, da bom pomagala, vendar sem vsekakor pričakovala več konkretnih informacij.“

„E-Z,“ je vprašal Rafael, “ali si mi pripravljen vrniti moja očala? Za kratek čas? Z njimi ti bom lahko pokazal Furijino tehniko. Kako v realnem času ujamejo otroke v igro. Brandy ima prav, videti pomeni verjeti, toda brez svojih originalnih očal tega ne morem storiti. To odločitev lahko sprejmeš samo ti. Če res želite videti. Če res želite vedeti.“

„Super,“ je rekla Brandy. „Dajmo, E-Z.“

Eriel je pogledal v strop. „Ophaniel me je poklical. Zdaj moram iti.“ Poklonil se je.

**ZIP**

Izginil je v noč.

E-Z je snel rdeča očala in jih zložil, preden jih je podal Rafaelu, ki je še vedno lebdel nad mizo. Ko je segla po njih, so ji očala priletela v roke.

Rafael ji je odstranil nova očala in spoliral stara, preden ji jih je namestil na obraz. Nasmehnila se je, ko je skupaj z vsemi drugimi v sobi opazovala, kako se kri kačasto premika po okvirjih, kot bi se ponovno seznanjala z njo.

Ko se je kri v očalih vrnila k rafaelovskemu toku, si jih je namestila na obraz, nato pa se je usmerila proti steni, ko so iz očal izhajale močne svetle utripajoče luči, kot bi jih pričakovali v kinu.

„Preden začnemo," je rekel Rafael, "to ni za ljudi s slabim srcem. To, kar si boste ogledali, je ocenjeno kot spremljava za odrasle. Mislim, da Haruto tega ne bi smel videti."

Samantha je rekla: „Daj, Haruto. V drugi sobi si lahko ogledava malo televizije."

Oba sta odšla. In predstava se je začela.

Na zaslonu je bil majhen deček. Star okoli sedem, morda osem let. Čeprav je bilo sredi noči, je sedel pred računalnikom. Na glavi je imel slušalke. Pred usti je imel majhen mikrofon, ki je bil pritrjen na njegovo naglavno slušalko.

„Gotcha!" je rekel. „Potrebujem samo še en uboj, potem bom na naslednji stopnji."

**HHIIIIIIIIIIIISSSSSSSSSSS.**

In tudi oni so ga slišali.

**„Ti si morilec!"**

**"Samo slabi fantje ubijajo - in ti si slab fant. Ali tvoja mama ve, kakšen hudoben fant ubijalec si?"**

„Igram igro," je rekel. „To je samo igra, in če ne bom ubijal, ne bom mogel napredovati."

„Ubogi otrok," je rekel E-Z.

Tišina.

Deček je nadaljeval z igro. Kmalu je prišel čas, da spet ubije. Tokrat je okleval.

**"Nadaljuj. Enkrat si že ubil, veš, da je bilo zabavno, zato pojdi naprej in ubij še enkrat. Veš, da si to želiš."**

„Ne!" je rekel.

**"Ni pomembno. En uboj je vse, kar potrebujemo!"**

Nato je sikanje spet postalo zelo glasno, glasnejše, glasnejše, še glasnejše.

„Prenehajte!" je zakričal.

„Nehaj, Rafael!" Lia je zakričala.

„Ne morem," je odgovoril nadangel. „Rekel si, da želiš videti, kako to počnejo. Če je koga od vas preveč strah, zapustite sobo ali si zakrijte oči. Brandy je imela prav, to morate videti sami. Do zdaj tega tudi jaz nisem videl."

**HHIIIIIIIIIISSSSSSSSS.**

**Nadaljujte. Enkrat ste ubili, veste, da je bilo zabavno, zato pojdite naprej in ubijte še enkrat. Saj veste, da si to želite."**

**Nadaljuj. Enkrat si že ubil, veš, da je bilo zabavno, zato pojdi naprej in ubij še enkrat. Veš, da si to želiš."**

**Nadaljuj. Enkrat si že ubil, veš, da je bilo zabavno, zato pojdi naprej in ubij še enkrat. Veš, da si to želiš."**

„La, la, la, la, la," je zapel deček. Poskušal je preglasiti glasove.

„Pobesnel je," je rekel tudi njegov prijatelj, ki je igral igro. „Odhajam. Se vidimo jutri v šoli, Tommy."

„La, la, la, la, la!" Tommy je še naprej prepeval.

Njegov utrip se je pospešil. Njegov srčni utrip se je pospešil. Udarjal je in udarjal, kot bi se hotel iztrgati iz njegovih prsi. Ni mogel dihati. Poskušal je vstati, vendar so mu noge postale kot žele.

V glavi je zaslišal glas. Zvenel je kot glas njegove matere, vendar to ni bil.

**"Tako zelo se te sramujemo, Tommy. Ne zaslužimo si, da imamo za sina morilca!"**

Drugi glas, ki je zvenel kot očetov.

**"Naš sin ni morilec, kdo si ti? Ti nisi naš sin."**

Tommy je jokal.

„Jaz sem morilec," je rekel, ko je padel s stola in se zgrudil v kroglo na tleh.

Z zaslona sta se zdaj zaslišala še dva glasova. Njegov brat Alex in sestra Katie sta s starši pela pesem, pesem, ki se je pela na priljubljeno otroško melodijo o murvinem grmu. Njihova različica je bila takšna:

**„Tommy je mur-der-er; mur-der-er, mur-der-er, mur-der-er, mur-der-er, Tommy je mur-der-er, In mi ga nimamo več radi."**

Ubogi Tommy je bil zdaj povsem sam.

„Ne obupaj," je zakričala Lia, čeprav je vedela, da je ne sliši.

Na tleh, zvit v kroglo, si je predstavljal, da okoli njega plešejo mama, oče, sestra in brat. Krožili so okoli njega, kot kroži grif okoli svojega plena.

**„Tommy je murgel; murgel, murgel, murgel, murgel, murgel, Tommy je murgel, in mi ga nimamo več radi.“**

Tommyjevo srce je bilo zlomljeno. Izrinilo se je iz njegovega telesa in odletelo.

Furije so ga ujele in potisnile v lovilec duš. Zaprli sta vrata.

Raphael je odstranil očala. Takoj se je končal stenski projektor. Ko je očala vrnila E-zu, se ji je po licu skotalila solza.

Tišina okoli mize je bila oglušujoča.

„Čarovnice, o katerih je Shakespeare pisal v Macbethu, so videti prijazne,“ je rekel Alfred.

„Ne razumem, kako bo moja sposobnost maskiranja ali pogovarjanja z živalmi pomagala, ne proti njim,“ je dejal Lachie.

„Ubila bi eno, umrla, se vrnila, ubila drugo, umrla, se vrnila in ubila tretjo,“ je rekla Brandy. „Dovolite mi, da jih dobim v roke!“

„Počakaj,“ je rekel E-Z. „Zdaj, ko smo to videli, se moramo o tem pogovoriti. Preden se potopimo. Morda bi morali ponovno glasovati? Naše sodelovanje mora biti soglasno.“

Sam je spregovoril. „Ni se vam treba sramovati, da bi rekli ne. Nihče vas ni imenoval za rešitelje sveta."

„Ima prav," je rekel Rafael. „Nihče vas ni imenoval - vendar ni nikogar drugega, ki bi to lahko storil."

„Zakaj tega ne morete storiti vi, nadangeli?" Brandy je vprašala.

„Poskusili smo vse, kar smo znali, a nam ni uspelo. Zato smo prišli k vam," je dejal Rafael. „In nekaj vam želim pojasniti ... Če bo kdaj prišlo do trenutka, ko se boste bali, da se bliža konec, vam bomo takrat prišli na pomoč."

„Kako nam nameravate pomagati, ko pa ste nam pravkar povedali, da ste neuporabni?" Charles je vprašal.

„To sem hotela vprašati," je rekla Brandy.

„Če, ko bo konec blizu ... bomo arhangeli dobili druge moči. Dokler jih ne potrebujemo, te moči spijo globoko v drobovju zemlje.

„Medtem pa, E-Z, poznaš čarobne besede za priklic Eriela na svojo stran. Z istimi besedami boš priklical tudi mene in druge, če nas boš potreboval.

„Prišli bomo. Borili se bomo skupaj z vami. Toda prosim, ne zapravljajte klica. Da bi se starodavne sile prebudile, morajo obstajati nedvomni dokazi, da je konec človeške rase neizbežen.“

„In kaj, če vas pokličemo in moči, za katere pravite, da jih boste imeli, ne pridejo. Kaj potem?“ E-Z je vprašal.

„Potem bomo umrli skupaj z vami.“

E-Z je udaril s pestmi po mizi.

„Ko jih vidim v akciji, mi zavre kri. Moramo jih premagati.“

„Tukaj! Tukaj!“ Charles je zakričal.

„Toda najprej,“ je rekel Sam, “moraš tem otrokom povedati, preden jih pošlješ v boj. Povej jim, kako ste vi in drugi nadangeli poskušali premagati Furije.“

„Ko smo ugotovili, da so se vrnile, smo jim nastavili past. Izdala nas je, izdala nas je, nato pa so se preselili v Dolino smrti. Dolina smrti je zdaj za nadangele izven meja.“

„Zunaj meja? Kdo je to naredil?“

„Na to vprašanje ne morem odgovoriti. Vem le to, da skupina izjemno močnih nadangelov ni mogla prebiti zaščitnih ovir, ki so jih postavili.“

„To je to?“ Brandy je vprašala. „To je vse, kar ste poskusili, in želite, da zdaj prevzamemo oblast. Resnično.“

Rafael je položil roke na boke: „Mi smo nadangeli in naše moči na Zemlji so omejene." „Tudi drugod so naše moči omejene."

„Okej, okej," je rekel E-Z. „Razumemo. Nimamo izbire, v resnici ne, ampak pustite nam jo."

„Zelo dobro," je rekel Rafael. „Preden pa odidem, Charles, sem želel odgovoriti na tvoje vprašanje. Nadangeli te niso poklicali ali izpustili. Verjamemo, da ste tu po naključju.

„Mislimo, da tudi Furije ne vedo za vas. Morda ste skrivno orožje. Morda imate v sebi izjemne moči.

„Rekli ste, da si želite, da bi vas vrnili kot odraslega moškega. Vaša današnja starost je pomembna. Verjamemo, da imajo otroci v rokah prihodnost človeške rase. Samo otroci lahko premagajo čisto zlo."

„Toda zakaj samo otroci?" Charles je vprašal.

„Ker se rodijo čistega srca," je dejal Rafael.

Charles je sedel na svojem sedežu nekoliko višje.

Rafael je nadaljeval: „Charles Dickens, ne bojte se eksperimentirati in odkriti svojega pravega jaza. V tebi se morda skrivajo vrata, ki jih lahko odpreš samo ti. Ključ.

„Že samo dejstvo, da obstaja krvna linija med vami, E-Z in Samom, je pomembno. Ne bojte se tvegati vsega, da bi našli ta ključ. Tukaj ste, da pomagate rešiti človeštvo. O tem ni dvoma. Svoj čas tukaj izkoristite pametno. Naredite spremembo.“

Charles je jokal, saj se je do zdaj počutil nekoristnega. Drugi so ga tolažili in pomirjali.

„Veliko sreče vsem,“ je dejal Rafael.

**POW.**

In je izginila.

„Ko bomo to preživeli,“ je rekla Lia, “in mi bomo, bomo priredili največjo zmagovalno zabavo doslej.“

„Charles,“ je rekel E-Z. „Če ima Rafael prav, si lahko najpomembnejši član ekipe. Prosim, vzemi si čas, da malo pobrskaš po svoji duši.“

„Kako se išče duša?“ je vprašal.

„Meditacija je eden od načinov,“ je rekla Brandy.

„Ali sprehod v naravi,“ je dejal Lachie.

„Čas za samoto, samo razmišljanje,“ je ponudil Alfred.

„Pojdimo spat in zjutraj nadaljujmo pogovor,“ je dejal E-Z.

„Mislim, da ne bom veliko spala, ko sem gledala ubogega Tommyja,“ je rekla Lia. „Bilo je še huje, kot sem si predstavljala.“

„Ja, ubogi Tommy,“ se je strinjal Alfred.

„Torej so vsi še vedno notri?" E-Z je vprašal.

„Vsi so se strinjali.

„Kaj pa Haruto?"

„Mislim, da bo še vedno v igri," je dejal E-Z, "vendar bom vse razložil Sobu, da se bosta lahko z njim pogovorila. Popolnoma bi razumel, če bi se izločila."

„Mislim, da se ne bosta," je dejala Samantha. „Haruto spi. Počutil se je osramočenega, ker je bil premlad, da bi videl, kar si videla ti. Kot da bi bil manj pomemben član ekipe."

„Prav si storila, da si ga odpeljala iz sobe," je rekla Sam. „To, čemur sva bila priča, je bilo grozljivo."

„Strinjam se," je rekel E-Z.

Charles je rekel: „Torej je vse za enega in eden za vse. Kot v filmu Trije mušketirji."

„Ta knjiga mi je bila vedno všeč!" Alfred je rekel.

Tudi v najhujših razmerah so knjige vedno povezale ljudi. Vsak član skupine PAFHS9 je upal, da je to ena od stvari na svetu, ki se ne bo nikoli spremenila.

# POGLAVJE 11
## DEJA VU

E-Z in Sam nista imela več veliko časa zase, vendar se nad tem nista pritoževala. Samantho je skrbelo, da sta izgubila stik, zato je bila odločena, da bo stvari popravila in ju presenetila z zajtrkom za zgodnje ptice v kavarni Ann's Café.

V kuhinjo sta prišla istočasno - saj sta oba prejela sporočila, naj se oblečeta in takoj prideta v kuhinjo.

„Kaj je?" Sam je vprašal.

„Ja, kaj je narobe?" E-Z je vprašal.

„Nič ni narobe," je rekla Samantha. „Rezervacijo imata pri Ann's, zato se takoj odpravite tja - preden se vsi zbudijo in se vam želijo pridružiti."

Sam je poljubil svojo ženo.

„Mislil sem, da je čas, da tudi vi ponovno skupaj zajtrkujete."

E-Z je Samantho močno objel.

„Bomo sami prišli tja?"

„Vsekakor, stric Sam."

Sam je vzel nahrbtnik s prenosnim računalnikom in odšla sta.

Bilo je čudovito pomladno jutro z obilico ptičjega petja, ki jima je na poti do kavarne delalo serenado.

„Tvoja žena je nekaj posebnega."

„Da, je ena od milijona."

Kmalu sta prispela v kavarno. Kavarna je bila skoraj prazna in Ann ni bilo nikjer, vendar je E-Z prepoznal njeno sestro Emily. Ni je videl, odkar je bil majhen otrok.

„Nisi se veliko spremenil," je rekla Emily in ga objela.

„Tudi ti se nisi," je E-Z rekel z dušenim glasom, saj ga je dušila v svojem voluminoznem puloverju. „In to je stric Sam."

„Vidim podobnost," je rekla Emily in mu odločno stisnila roko. „Imam popolno mizo za vas, sledite mi."

Ko sta šla mimo njune običajne mize, je okleval in pogledal strica. „Kaj lahko namesto tega sediva pri tej, Emily?"

„Seveda!" Emily je odvrnila, položila jedilni pribor in mu izročila jedilnike. „Kavo?" Sam je prikimal, ona mu je nalila polno vročo skodelico.

„Ali boš jedel običajno?" je vprašala E-Z. Sestra mi je povedala, kakšne bi lahko bile."

„Vsekakor."

„In to je bil gost čokoladni koktajl, ali imam prav?" Bila je na mestu.

„In ti, Sam?" je vprašala. „Kaj boš danes jedel?"

„Dva od tega, kar je jedel moj nečak," je rekel, "vendar ne sme biti gostega koktajla. Kava je edina pijača, ki jo danes zjutraj potrebujem."

„Prav!" je rekla in odšla v kuhinjo.

Sam je odprl svoj prenosni računalnik in ga nato spet zaprl.

„Lepo je priti v kraj, kjer je vse vedno enako," je rekel E-Z.

„Nekega dne bi moral sem pripeljati Sama in dvojčka. Rad bi podprl lokalna podjetja, poleg tega je to dober zgled za Jacka in Jill."

„Vsekakor. Na ta kraj imam samo dobre spomine," je dejal E-Z. „Toda nekega dne se bom odločil, da se bom odločil in naročil nekaj drugačnega. Svojim bratrancem in sestrični moram dati dober zgled, kajne?"

Sam se je zasmejal in srknil požirek kave. Čez nekaj časa je prišla Emily in ponovno napolnila skodelico. „Zdi se, kot da ima oči v ozadju glave.“

E-Z se je zasmejal. V mislih mu je lebdela neka tema, o kateri se je želel pogovoriti: Furije. Hkrati pa se ni želel takoj spustiti v težak pogovor.

„Torej. moja žena bo imela polno hišo gostov, ki jih bo morala nahraniti, ko bodo vsi vstali.“

„Sobo bo pomagal.“

„Res je, vendar mislim, da tega ne bi smeli izkoristiti. Rad bi, da bi lahko naredili ponovitev, če veš, kaj mislim?“

„Vsekakor. Torej, lotimo se tega.“

Sam je znova odprl svoj prenosni računalnik. Tokrat ga je vklopil in vtipkal v iskalnik:

Kako premagati Furije.

E-Z je prikimal, ko je predenj položil svoj koktajl. Takoj je poskušal srkniti malo gostega šejka, vendar je bil predebel, da bi lahko karkoli spravil skozi slamico - kar mu je bilo ravno všeč. „Kaj koristnega?“

„Pravijo, da je Erinye - ali Furije - mogoče pomiriti le z obrednim očiščevanjem.“

„Kaj to pomeni?“

„Mislim, da to pomeni, da boš moral na njihovo zahtevo opraviti dejanje - kot zadoščenje.“

„Ali ne pomeni sprava isto kot pokora? To mi ni všeč,“ je rekel E-Z. „Ničesar nismo storili, za kar bi se jim morali poboljšati.“

„Lahko pomeni tudi Odkupitev. Poplačilo. Popravek. Restitucija.“

„Štirje R, to je privlačno, vendar še enkrat sprašujem, za kaj jim bomo poplačali?

„Razmišljajte drugače,“ je rekel Sam. „Kaj če bi lahko kaj naredili, jih spodbudili, da se odpravijo na potep in pustijo otroke in lovilce duš pri miru?“

E-Z se je zasmejal. „Če bi obstajal način, bi bilo to popolno. Pa tudi preveč enostavno.“

Sam se je popraskal po glavi. „Tukaj piše, da so Furije kaznovale moške in ženske za zločine po smrti in med življenjem. To je tisto, kar počnejo zdaj - otroci, ne odrasli. Tega nisem vedel.“

„Ne razumem pa, zakaj. Zakaj so se vrnile zdaj? Kaj se je spremenilo ...“

„To so odlična vprašanja, na katera ne morem odgovoriti,“ je rekel Sam. „Ampak, oh, tu je nekaj zanimivega. Piše, da so kot boginje usode preprečile, da bi človek spoznal prihodnost.“

„Kako točno?"

„Ne pove," je rekel Sam, ravno ko je Emily spet prišla in mu osvežila skodelico kave. „Samo malo," je rekel. Bal se je, da bo odplaval domov, če bo spil še kakšno kavo.

„Vaš zajtrk bo na vrsti v trenutku," je rekla. „Upam, da si lačen!"

„Zagotovo smo," je rekel E-Z, ko je spet poskušal spiti gost koktajl in mu je nekaj uspeha uspelo spraviti skozi slamico.

Emily se je nasmehnila in odšla pozdravit nekaj novih strank.

„Pred vsem tem," je rekel Sam, "nisem nikoli slišal za The Furies. V grški in rimski mitologiji piše, da so bili duhovi pravice in maščevanja. Njihovo drugo ime Erinyes pomeni jezne." Pomaknil se je navzdol. „Vidim nekaj omemb v svetu iger na srečo. Noben od pridevnikov, ki jih opisujejo, ni v nasprotju s tem, kar že vemo, tj. da so Furije zlobna zlovešča bitja, ki ne pokažejo usmiljenja."

„Želim si, da bi bila PJ in Arden spet z nami. Stavim, da bi s svojim čarovniškim znanjem o igrah vedela, kaj storiti. Odkar smo ju izgubili, si očitam, da sem izgubil stik z njima. Vse to zato, ker sem se preveč vživel v to, da sem superjunak. Resnično pogrešam te fante.“

„Ne bi si želeli, da bi se brcnil v temo. Tudi jaz jih pogrešam.“

Emily je odložila hrano na mizo. „Uživajte!“ je rekla.

E-Z in Sam sta lačno jedla in nekaj časa nista spregovorila. Po številnih zvokih uživanja v hrani sta nadaljevala s pogovorom.

„Ravno sem razmišljal o načrtu - premagati jih znotraj igre. Zagotovo se je zdel dober - ali pa sva mislila, da se je, dokler nama Rafael ni povedal drugače. Še dobro, da nam je to povedala naravnost, sicer ... nočem niti pomisliti, kaj bi se lahko zgodilo kateremu od otrok.“

„Še vedno pa mislim, da morajo imeti Furije Ahilovo peto. Se spomniš tiste zgodbe?“

„Res. Če imajo šibko točko, ne vem, kaj je to. Vemo, da so smrtniki kot mi. Če lahko umrejo, tako kot mi, potem so to vsaj enaki pogoji.“

„Osredotočimo se malo bolj na njihove šibke točke: jeza, užaljenost, maščevalnost.“

„To so iste stvari, zaradi katerih kaznujejo druge, kako naj bodo torej to njihove slabosti?“ E-Z je vprašal, ko si je v usta nabil polno palačink. „Torej, dobro.“

Sam je prikimal: „Zagotovo so." Še enkrat je srknil kavo. „Res je, kar pomeni, da bi lahko iste stvari, zaradi katerih kaznujejo druge, uporabili proti njim."

„Ampak kako?"

„Tega še ne vem - DANES."

„Morda bomo potrebovali več kot eno skupno sejo, da bomo stvari razčistili," je dejal E-Z. Na mizo pred njim je bil postavljen drugi krožnik, poln palačink.

„Ann me je pravkar poklicala in mi rekla, naj poskrbim, da ti prinesem drugo serijo palačink," je rekla Emily.

„Hvala. In Ann povej, da upam, da se bo kmalu počutila bolje."

„Tako bo. Še kavo?"

Sam je prikimal, zato mu je napolnila skodelico. Ko je Emily odšla, je rekel: „Uh, takoj se vrnem," in odšel v kopalnico.

E-Z je obrnil zaslon proti njemu in vtipkal:

**KAKO NAJ UBIJEM FURIJE?**

Pojavilo se je nekaj odgovorov, vendar so bili vsi povezani s tem, kako premagati tri boginje kot like v igralnem svetu.

Sam se je vrnil. „Si kaj našel?"

„Nič uporabnega. Čeprav piše, da korenine Furij morda segajo vse do prazgodovine.“

„No, tudi Bejbino poreklo sega precej daleč nazaj.“

„Moral bi videti, kako hitro je požrl tisto ognjeno kroglo! Brez oklevanja.“

Ko so končali z obrokom, so se zahvalili Emily in odšli domov. Bila sta tako polna, da sta mislila, da ne bosta nikoli več jedla.

„Prav gotovo je bilo lepo preživeti dopoldne s tabo,“ je dejal E-Z. „Počutila sem se kot v starih časih.“

„Res je bilo. Kmalu to ponovimo. Medtem pa razmislimo o tem, kaj smo se danes naučili, saj kot pravi stari pregovor - kjer je volja, je tudi pot.“

„Res, res, stric Sam. Res, res, res.“

# POGLAVJE 12

## NAZAJ V HIŠO

KO STA SE VRNILA v hišo, je Sam najprej objel svojo ženo. Ta ga je bila vesela, da ga vidi, vendar je imela polne roke dela s pripravo zajtrka.

„Vesel sem, da ti je bilo všeč," se je razveselila Samantha.

„Lahko ti kaj pomagam?" Sam je vprašal, ko je ocenil položaj z dvojčkoma.

„Vse je urejeno," je dejala Samantha, ko sta za njo dvojčka zavpila.

Predvsem zato, ker je Haruto za trenutek prekinil igranje svoje različice igre hon no piku, kar v prevodu pomeni peekaboo. V Harutovi različici je naredil obraz, se nato zelo hitro zavrtel, dokler ni izginil, nato se je spet pojavil, dvojčici pa sta se hihitali.

„To je zelo kreativno!" Sam je rekel, ko je Lachie prevzel vlogo zabavljača.

Lachie se je takoj lotil nekaj živalskih imitacij in bil deležen navdušenih ocen dvojčkov, ko se je smejal kot kukaburra:

**Koo-koo-koo-koo-kaa-kaa-KAA!-KAA!-KAA!-KAA!**

Nato je bil na vrsti Charles, ki je zabaval s svojo zgodbo Trije balvani.

„Iwa?" Haruto je rekel, kar v prevodu pomeni balvani.

„Ja," je rekel Charles, medtem ko sta se E-Z in Sam umaknila k vratom, da bi prav tako poslušala zgodbo, medtem ko so Alfred, Sobo, Brandy, Lia in Samantha nadaljevali s pripravo hrane.

„Nekoč," je začel Charles, "je bil visoko nad Rokavskim prelivom hrib. Na njem je bilo veliko, veliko balvanov. Pravzaprav jih je bilo preveč, da bi jih lahko prešteli.

„Tega dne se je na hrib pripeljal velik in težak tovornjak, ki je med vožnjo škripal in drvel z zobniki. Ko je dosegel vrh, je vpregel dvigovalnik balvanov, ki se je boril s težo vsakega kosa kamenja. V nekaj urah mu je uspelo zbrati čim več kamnov. Dokler ni bil zadnji del tovornjaka poln. Vendar ne prepoln. Prepolni tovornjak je bil namreč prepoln, kar je pomenilo, da bi se balvani med premikanjem skotali s tovornjaka, čemur se je bilo treba za vsako ceno izogniti.

„Tovornjak se je spustil po hribu navzdol. Izpraznil je balvane v drug večji tovornjak. Tovornjak, ki je bil prevelik, da bi se sploh lahko zapeljal po hribu navzgor, in na njem ni bilo mehanizma za dvigovanje. Ko je bil manjši tovornjak spet prazen, se je vrnil na hrib. Kmalu je bil spet poln balvanov.

„Ta postopek se je večkrat ponovil, dokler ni bil večji tovornjak poln do vrha. Vse preostale balvane je bilo treba prepeljati z manjšim tovornjakom. Ko sta bila oba tovornjaka polna, je bilo težko delo končano. Prišel je čas za kosilo. Moški so pojedli sendviče in spili termoske, polne vročega, sladkega čaja.

„Na vrhu pečine so ostali le še trije osamljeni balvani. Bili so žalostni, ker so izgubili prijatelje, počutili so se zavrnjene, nezaželene, nepotrebne in precej jezne hkrati. Preveč čustev naenkrat lahko zmede, a deljenje čustev s prijatelji lahko pomaga, zato so se trije balvani pogovarjali o svoji stiski.“

„Kaj počnejo z vsemi našimi prijatelji?" je vprašal prvi balvan, ki mu je bilo ime Rocky.

„Ne vem," je rekel drugi balvan, ki mu je bilo ime Pebbles. „Morda tudi oni potrebujejo prijatelje tam, kamor gredo. Zagotovo jih bom pogrešal."

„Ne," je rekel tretji balvan, ki je bil starejši in modrejši in mu je bilo ime Craggy. „Ne odpeljejo ju, da bi videla svet. Ne zato, da bi bili njihovi prijatelji. Ali ne veš, da nas drobijo, da bi jim naredili ceste."

„Ne!" Rocky in Pebbles sta zavpila. „Ne morejo zdrobiti naših prijateljev v kašo!"

„Želim si, da bi tudi mene vzeli," je rekel Craggy. „Prestar sem, da bi še naprej sedel tu gori v takšnem vremenu. Ostri vetrovi mi prebijajo zunanjo plast in ne bi imel nič proti, če bi svojo prihodnost preživel kot cesta. Vsaj tako bi imel namen."

„Namen?" Rocky je vzkliknil. „Temu, da si zdrobljen in da te vsak dan in vsako noč prečkajo vozila, praviš namen?"

„To je bolje, kot če bi tu sedeli samo mi trije za vedno. Naveličan sem vetra, dežja in vsega drugega," je rekel Craggy.

„No, če si tako zelo želiš," je rekel Pebbles, „potem se moraš le skotaliti z roba. Padel boš naravnost v zadnji del tovornjaka spodaj in odpotoval s preostalimi prijatelji.“

„Oh, to je predaleč,“ je rekel Rocky in se kotalil malo bližje robu. „Ali nas res želiš tako zelo zapustiti? Ali ne moreš najti smisla, če ostaneš tukaj z nami? Potrebujemo te. Starejši si in modrejši.“

Craggy se je približal robu in pokukal čez rob. Res je bilo, tovornjak je bil prav tam. Nekaj kapljic znoja je kapljalo po njem. Bodisi so bile to kapljice znoja bodisi solze.

„Pot navzdol je strašno dolga,“ je rekel Craggy. „In ne bi bilo prav, če bi vas mladeniča pustil sama.“

Pebbles je rekel: „Kaj pa, če bi zgrešila tovornjak in bi se tam spodaj razbila na koščke! Mi bi bili tukaj zgoraj s tem čudovitim razgledom, vi pa bi bili tam spodaj čisto sami.“

„Poleg tega,“ je rekel Rocky, “se lahko nekega dne vrnejo po nas. Medtem pa se lahko pogovarjamo in uživamo v razgledu in svežem zraku.“

Pod njima se je tovornjak ponovno zagnal.

**CHUGGA CHUGGA VROOM, VROOM.**

„Zdaj ali nikoli,“ je rekel Craggy, ko se je tovornjak odpeljal.

„Vsaj skupaj smo,“ je rekel Rocky.

„Trije balvani so bili stisnjeni drug ob drugega. Obrnili so se s hrbtom proti vetru, vdihavali svež zrak in gledali čudovit pogled na sonce, ki je zahajalo na obzorje.

„Nauk zgodbe je,“ je začel Charles...

To so bile zadnje besede, ki jih je E-Z slišal, preden se je spet vrnil v prekleti silos.

# POGLAVJE 13

## SILO

„Dobrodošli nazaj!" je rekel glas v steni z navdušenjem, zaradi katerega so se E-Z-jeva ramena napenjala, kot da bi mu nekdo stal na njih. Nerad se je odzval, zato je ramena zavihtel najprej naprej in nato nazaj v upanju, da bo sprostil napetost.

„DOT. DOT," se je oglasil drugi glas v steni, vendar je bil tokrat bolj tih, skoraj šepet.

Odprl je usta, da bi odgovoril, vendar mu ni prišlo nič na misel, zato je ostal tiho, razen prasketanja prstov, za katerega je upal, da bo sprostilo napeto telo.

Prvi glas je z bolj pomirjujočim tonom vprašal: „Vidim, da si napet, zaskrbljen. Ali ti lahko ponudim kaj, s čimer bi si krajšal čas med čakanjem? Pijačo? Knjigo? Potovanje v mislih?"

Za glas v steni je bila zelo prodorna, kar mu je pomagalo, da se je nekoliko sprostil, vendar ni želel sprejeti njene ponudbe, saj ni vedel, kaj bi potovanje v mislih vključevalo.

„Vidim, da oklevate ..."

Na stolu je sedel naravnost in visoko ter s prsti bobnal po naslonjačih, kot bi se zibal ob skladbi Smoke on the Water skupine Deep Purple. Z očetom sta jo zaigrala na zastareli različici igre Guitar Hero in imela sta se fajn. Ko se je zdaj spomnil tega trenutka, se je počutil, kot da bi bil njegov oče z njim v silosu.

„Ste prepričani, da ne želite potovanja v mislih?" je ženska v steni znova vprašala. „Boste se imeli odlično!"

Razkošje. Pravkar je v mislih uporabil to besedo, da bi opisal Guitar Hero-ing z očetom. Ženska v steni mu je nedvomno brala misli.

„Kaj točno je to?" je vprašal. „Ne rečem, da se želim preizkusiti, dokler ne bom vedel več o tem, kaj to vključuje."

„Zakaj, to je kraj, kamor te lahko pošljem. Poseben kraj, kjer lahko živiš svoje sanje."

Zvenelo je neverjetno... in preden je lahko odgovoril...

**DUH DUH DUH DUH,**

**DUH DUH DUH DUH DUH**

**DUH DUH DUH DUH**

**DUH DUH DUH.**

Bil je na odru, igral je glavno kitaro z bendom, ki ga je takoj prepoznal kot originalno skupino Deep Purple.

Glavni pevec, ki je zapustil skupino, a je igral originalno glavno kitaro na skladbi Smoke in the Water, ni imel nič proti temu, da E-Z zdaj igra njegovo vlogo in se pri tem tudi ni slabo odrezal. Pevec mu je dvignil palec, nato pa se je sprehodil čez oder do mesta, kjer je E-Z sedel na invalidskem vozičku. Skupaj sta odigrala nekaj rifov, občinstvo pa je kričalo, navijalo in ploskalo. Nato se je zavedel, da je spet v silosu, a napetega občutka, ki ga je doživljal prej, zdaj ni bilo več.

„Hvala! To je bilo prekleto fantastično! Ne morem vam povedati, koliko mi je to pomenilo. Nikoli ga ne bom pozabil. Nikoli!" Zamislil se je in pomislil, da bi bilo bolje le, če bi bil z njim na odru tudi njegov oče.

„Žal mi je, da nisem mogel vključiti tvojega očeta … ampak to je bil le predogled. In zelo dobrodošel si. Zdaj pa sedite lepo. Čakajte eno minuto.“

„Mislim, da bi me prava stvar razburila!“ E-Z je rekel, ko je naslonil glavo nazaj in ponovno podoživel izkušnjo, pri čemer se je počutil tako popolnoma sproščeno, da bi lahko zadremal.

**PFFT.**

Tokrat je bil vonj drugačen, po poprovi meti in še čem, česar ni mogel določiti.

„To je rožmarin,“ je rekel glas v steni.

„Precej osvežujoč.“ Oči je imel zaprte in v mislih je že plul, ko je streha nad njegovo glavo zijala. Potresel je z glavo in odprl oči, da bi se pripravil na to, kar se bo zgodilo.

V kovinsko posodo so prodirali žarki svetlobe, ki so se odbijali od stene do stene. Pokril si je oči, da bi jih zaščitil pred motečo svetlobno predstavo. Ko se je odbijanje svetlobe končalo, se je skozi odprto streho spustila neka postava. Kako hitro je vstopila. To je bil Rafael.

„Pozdravljeni,“ je rekel. „To je bil kar lep vstop.“

„Napredoval sem,“ je priznal nadangel, "in potrebna je določena mera razkošja. Morda v tem primeru nekoliko pretiravam, vendar gre za razmeroma novo napredovanje. Pri vseh napredovanjih se je treba nekaj naučiti.“

„Čestitke za napredovanje.“

„Hvala, zdaj pa se lotimo vprašanja, zakaj ste tukaj.“

„Seveda.“

E-Z je potrpežljivo čakala, da bo Rafael spet spregovoril, vendar nekaj časa ni. Namesto tega je lebdela kot ptica, ki prvič preizkuša svoja krila. Se je razkazovala? Če da, zakaj? Potem je zagledal, da je nosila povsem nova očala. Ta so bila večja, izrazitejšega videza, z večjimi okvirji in debelejšimi lečami, zaradi česar je bila videti kot ženska različica gospoda McGoja.

„Uh, lepa očala,“ se je zlagal.

„Niso bila moja prva izbira,“ je priznal Rafael, „vendar bodo morala zadostovati.“ Približala se je mestu, kjer je sedel, in se obesila nanj. „Zdi se.“ Ustavila se je in se nelagodno premaknila.

**SKIDOO**

Prišel je stol, na katerega se je za trenutek usedla.

**SKIDOO**

In ga ni bilo več. Spet se je zavihtela. Odprto dlan si je položila na stran obraza. „Opozorili so nas na nekaj stvari. Tega ne mislim v kraljevskem smislu, ampak kot pri vseh nadangelih.“

„Kot so?“

Spet se je zdrznila.

„Naj prosim steno, naj razprši nekaj sivke, da se boste sprostili? Zdi se mi, da ste precej napeti.“

Nato mu je pred nosom zakričala: „Sivka ne deluje na arhangele! To je gnusna, človeška...“ Globoko je vdihnila. „Zelo mi je žal.“

„Vse je v redu. Razumem, da mi moraš povedati slabo novico. Bolje je, da odtrgaš obliž. Mislim, da mi to povej naravnost.“

„Zelo dobro. Tako je.“

E-Z se je nagnil bližje: „Okej, snemaj.“

Iz zvočnikov v steni se je zaslišala pesem, nekaj o streljanju na šerifa.

Najprej je brundal zraven: „Nehaj!“ E-Z je ukazal. „In povej mi, zakaj sem tukaj.“

„Želi se lotiti zadeve,“ si je rekel Rafael. „No, potem je tu. Prešel bom naravnost k bistvu.“

„Okej, naredite to.“ E-Z je rekel, da si želi, da bi to storila.

„Skratka,“ je rekla, “Eriela so ujeli na lepem - igral je za obe strani.“

„Na kaj?" Potem se je nekaj v njegovem umu zatreslo. „Ne, ne moreš misliti, da nas je izdal?"

S koščenim prstom se je dotaknila brade, medtem ko je E-Z odpiral in zapiral usta kot drobnica iz vode.

„Da. Eriel je bil osebno odgovoren za smrt tvoje prijateljice Rosalie. Odgovoren je tudi za uničenje Bele sobe. Vse on. Vse Eriel."

E-Z je vse to sprejel. Uboga Rosalie. „Počakaj! Ali ni delal zate? Mislim, ali nisi bila ti odgovorna zanj? Kako se je to lahko zgodilo na tvoji straži? Nekaj sem prebral o nadangelih, toda izdati otroke, ki ti prostovoljno pomagajo, je najnižje, kar lahko dosežeš. Mislim, da leopardi ne spreminjajo svojih lis."

„Nisem bil odgovoren za Eriel. Bila sva sodelavca, tovariša. Delala sva skupaj in mislim, da sva drug drugega spoštovala. Motil sem se."

„Pa vendar si napredoval."

„Bil sem, vendar ti dve stvari nista bili neposredno povezani. Vse, kar vam lahko povem, je, da je bil Eriel nekoč eden od nas, zdaj pa ni. Potem ko je izdal nas in tebe. Potem ko je obrnil hrbet svojim načelom - vsemu, za kar se zavzemamo -, je izstopil. Mislim, za vedno."

E-Z je zavzdihnil. „Hočete povedati, da nas je Eriel razkril? S tem mislim mene in mojo ekipo?"

„Michael, ki je naš vodja, je zasliševal Eriela. Potrebno je bilo kar nekaj truda, da je spregovoril. Vendar je priznal, da je Furije pripeljal nazaj na Zemljo. Da jih je uporabil za napredovanje svojega položaja. Odkupnine ni. Eriel ne more odpustiti."

„Nimam besed. Kako se je to zgodilo?"

„Kako? Če bi vedeli, kako, bi vedeli tudi, zakaj se je to zgodilo, a tega ne vemo. Vemo pa, da je Eriel in da Eriel vedno dela tisto, kar je najboljše za Eriela. Vedeli smo, da ima težave, a kljub temu smo mu še naprej dajali priložnosti, da se izkaže - in ko nam je spodletelo -, smo mu odpustili in mu dali še eno priložnost in še eno priložnost. Vanj smo verjeli vse do zdaj. Končan je. Končan."

„Končano? Hočete reči, da je mrtev? Ali arhangeli umrejo? In zakaj ste mu dali toliko priložnosti? Ali ne poznaš pregovora: trikrat zadeneš in si izločen?"

„Da, slišal sem to bejzbolsko terminologijo, toda mi smo arhangeli in od vseh se pričakuje, da nam bo spodletelo ali da se bomo na neki ravni ponovili. In prav imaš glede dogodka v rajskem vrtu. Naša zgodovina sega daleč nazaj ... vendar smo mislili, da nam gre bolje, da se izboljšujemo. Sam sem zavetnik mladih, kot ste vi in vaši prijatelji.

„Zato sem predlagal, da bi skupaj z vami premagali tiste strašne Furije. K temu me je spodbudil Eriel. On je tisti, ki te je odkril. Kdor je k tebi poslal Hadza in Reikija. Do prihoda teh grozljivih sester smo vsem vašim življenjem dodajali nekaj pozitivnega ... Dajali smo vam smisel. Se spomnite časov, ko ste želeli obupati? Niste, ker smo vam pomagali, da ste nadaljevali.“

„Dobro, razumem, da je Eriel zlobnica. Kaj to pomeni zame in za mojo ekipo? Po mojem mnenju je bila naša misija ogrožena. Torej smo izločeni in mislim, da bi morali preiti na načrt B.“

„Težava je v tem,“ je rekel Rafael, nato pa se je ustavil, saj se je strop nad njim ponovno odprl in Ophaniel je brez kakršnegakoli razmaha priletela navzdol proti njim.

„Dolgo se nismo videli,“ je rekla Ophaniel, usmerjena v E-Z. Nato Rafaelu: „Ali je pripravljen?“

„Da, je. In zagotovo sem vesel, da si tukaj, ker želi vedeti, kakšen je naš načrt B.“

Ophaniel je prikimal. „Zelo dobro. Če povem kar se da jasno, nimamo načrta B ali C ali D - ker ste bili vi in vaša ekipa vsi naši načrti v enem.“

E-Z je nejeverno zmajal z glavo. „Ali niste arhangeli slišali stavka: „Ne daj vseh jajc v eno košarico"?"

Ophaniel se je zasmejal. „Da, izvira iz Cervantesovega lika Don Kihota, vendar mi nikoli ni bila zares smiselna. Morda zato, ker nadangeli ne jemo jajc. Že samo ob misli na njihovo želatinasto jančnost - fuj - mi gre na bruhanje."

„Tudi meni," je rekla Rafaela in si s hrbtno stranjo roke pokrila usta. „Poleg njihovega odvratnega videza, zakaj bi sploh dajali jajca v košarico? Zakaj ne v skledo? Če pripravljaš jajca ..."

„Strinjam se," je rekel Ophaniel. „Videla sem Jamieja Oliverja, kako je pripravil omleto. Najprej uporabi skledo, potem jih skuha."

„Oh, brat in ne morem verjeti, da arhangeli gledate televizijo, kaj šele Jamieja Oliverja." Potresel je z glavo. „To pomeni, da če daš vsa jajca skupaj, na eno mesto - na primer v košarico ali skledo ali ponev ali karkoli želiš -, če košarico ali skledo ali ponev spustiš - potem bodo vsa jajca razbita in pokvarjena zaradi lupin - zato ne boš imel jajc za zajtrk."

„Toda ali kokoši ne nesejo jajc vsak dan? Če torej danes ne dobiš jajc, se vrni jutri," je dejal Ophaniel.

„Kaj je en dan brez jajc?" Rafael je vprašal.

E-Z je odprl roko in si jo udaril ob glavo. „Argghh!“ Nadangeli so ga gledali in čakali, medtem ko je globoko vdihnil in nato zelo glasno izdihnil. „Kaj bomo storili v zvezi z Erielom?“

„Najprej,“ je rekel Ophaniel, “se danes na vašo posebno željo vračata vaša dva prijatelja...“

**POP**

**POP**

Prišla sta Hadz in Reiki oziroma to, kar je bilo podobno dvema wannabe angeloma. Od glave do peta sta bila črna od saj. Njuni cvetni lističi so bili ukrivljeni, raztrgani, nekateri so bili odprti in dvignjeni, nekateri pa mrtvi in posušeni. Njuna krila so se spustila, kot da sta pozabila, kako leteti, ali pa nista imela več volje, in njuna obraza, izraz na njunih obrazih je bil izraz skrajnega obupa.

„Kaj se jim je zgodilo?“ je vprašal.

Ophaniel se je približal obema izpraznjenima angeloma, ki sta se odrinila.

„Zdaj sta na varnem,“ je Rafael rekel z mehkim materinskim glasom, zaradi česar sta planila v jok, ki je prešel v stok.

Ophaniel si je pokrila ušesa, nato pa se približala E-Z in zašepetala. „Eriel jih je zaprl. Tokrat smo potrebovali kar nekaj časa, da smo jih našli. Uboge stvari si niso mogle pomagati, ker jim je odvzel moči.“

„Ubožci,“ je rekel E-Z.

E-Z, Ophaniel in Rafael so se obrnili proti stvarem. Hadz in Reiki sta se poskušala nasmehniti. Nista se mu niti približala.

Dva sta se zmetala naokoli, kot da bi odganjala jato voluharjev.

„Umirite se,“ je rekel Ophaniel.

Hadz in Reiki sta se nehala premikati. Sedela sta kot par umazanih lutk z očmi, uprtimi v nič in nikogar. Bila sta senca svojih nekdanjih jazov.

„Ne želim biti nesramen,“ je zašepetal E-Z, “toda v njunem trenutnem stanju nam ne bosta kaj dosti pomagala. To velja, če nas lahko prepričate, da v danih okoliščinah nadaljujemo s tem načrtom.“

E-Z-jeve besede so bile za oba angela kot udarec po obrazu.

**POP**

**POP**

„Kako nesramno in nepotrebno kruto!“ Ophaniel se je zganila, preden je izginila.

**ZAP**

„Pokazal si nam zelo kruto plat svojega značaja, E-Z Dickens, in če bi bila tu tvoja mati in oče, bi se te sramovala.“

„Oprosti,“ je rekel E-Z, "ampak nikar mi ne govorite o mojih starših. Za vas, nadangele, so zunaj meja. Jasno?“

Rafael je prikimal.

„Poleg tega nisem hotel prizadeti njunih čustev. Seveda jih lahko uporabimo. Če se bomo morali boriti s Furijami, bomo potrebovali vso pomoč, ki jo lahko dobimo. Vrnite se, prosim, Hadz in Reiki. Dajte mi še eno priložnost.“

Nič.

E-Z je poskusil še enkrat. „Vrnite se in postali boste zelo dobrodošli člani naše ekipe.“

**POP**

**POP**

Dvojica je bila zdaj čista in urejena kot nekoč.

„Dobrodošli nazaj,“ je rekel E-Z.

Hadz in Reiki sta priletela k njemu. Vsak od njiju se je usedel na eno od njegovih ramen. Brezvoljno sta se tresla, ker sta se bala lastnih senc.

„Vse bo v redu,“ je rekel. „Zdaj, ko ste član naše ekipe, vam bomo krili hrbet.“

Poskušala sta se nasmehniti in on je cenil njun trud.

„Torej," je rekel E-Z, „kaj točno je Eriel povedal Furiji o nas?"

„Povedal jim je, da pošiljamo otroke, da bi jih premagali - to je vse."

„To vam je povedal? Kako naj vemo, da ne laže? In kako bomo izvedeli, kakšna je končna igra Furij?"

„Mislimo, da vemo, da je bila končna igra Furij in Eriela nadzor nad Zemljo. Nameravali so udariti po ZEMLJI PAUZA in jo spremeniti v Novi Hades, tj. pekel na Zemlji. Kjer bi lahko vladali tako, da bi oblikovali ekipo duš, ki bi jim bile prepuščene na milost in nemilost. Da, duše bi izpustili, da bi se prosto gibale, toda ko bi enkrat dobile svobodo - bi se ji morale odpovedati."

„Zakaj bi se ji odpovedali?" je vprašal.

„Ker ljudje, celo človeške duše, ne morejo razumeti pojma svobode. Namesto tega so raje omejeni. Pomanjkanje svobode je človekova varnostna odeja."

„To je laž," je rekel E-Z. „Zaradi tega sem tako jezen! Ljudje znamo ceniti svojo svobodo. Radi imamo naravo, to, da lahko dihamo zrak, da lahko svoje misli in občutke delimo z drugimi, da cenimo svet in vse, kar imamo v njem."

„Ste dovolj jezni, da se borite za svojo svobodo in svobodo drugih?" Ophaniel je dejal.

E-Z sploh ni opazil, da se je vrnila.

„Da," je rekel. „Toda povej mi, v tem njihovem novem svetu bi izbrali le tiste duše, ki bi jih lahko nadzorovali. Kaj bi se zgodilo z drugimi?"

„Te bi večno lebdele naokoli, brez domov," je rekel Rafael. „V tem njihovem novem svetu bi odpravili posmrtno življenje. Zemlja bi bila za vedno v stanju premora. Duše bi ostale v telesih, ki ne bi bila več živa, niti ne bi bila več mrtva. Srca ne bi več utripala. Ne bi bilo več ljubezni ali otrok, ki bi se rodili. Duše se ne bi več dvignile - nikoli več - nikoli več."

E-Z je ostal tiho, razmišljal in se zavedal vsega.

Glas v steni je vprašal: „Ali bi se kdo rad okrepčal?"

„Ne, hvala," je rekel, vendar je bil vesel prekinitve, saj ga je vrnila v sedanji trenutek. „Razumem, za kaj je Eriel uporabil Furije. Dejstvo pa je, da je nadangel kot ti in da si vedel, da ima težave, a si mu kljub temu dajal priložnost za priložnostjo, tudi ko si je ni zaslužil. Zato se zdaj sprašujem, zakaj bi morali mi, jaz in moja ekipa, popravljati to, kar je pokvaril eden od vaših lastnih nadangelov?"

„Ker..." Rafael je začel.

„Še nisem končal," je rekel E-Z. "Pred tem, ko sta z Erielom obiskala mojo hišo, ko je spoznal mojo družino in druge člane ekipe, smo mislili, da je na naši strani. Videl je, kje živimo. Ve vse o nas. Zaradi njega smo v veliki nevarnosti."

„To je res," je rekel Ophaniel.

„Nesporno in zelo nam je žal," je rekel Rafael.

„Naj jih Eriel odpokliče. On je ustvaril to zmešnjavo in on bi jo moral popraviti." S stisnjenimi pestmi je udaril po naslonjalih stola, zaradi česar sta Hadž in Reiki poskočila in se zdrznila. Potolkel je želena angela po glavi. „Vse v redu, žal mi je, da sem vas vznemiril."

„Bravo!" Hadz se je razveselil.

„Hura!" Reiki je vzkliknil.

Rafael in Ophaniel sta v en glas rekla: „Eriel je zaprt globoko v drobovju zemlje. Je na kraju, kamor si ne bi smel drzniti iti noben človek. Skratka, ni ga mogoče doseči."

„Toda nekoč smo pobegnili iz rudnikov," je dejal Reiki.

„Dvakrat," je rekel Hadz.

„Ni v rudnikih, je na drugem mestu, še globlje, ne tako globoko kot v požarih, ampak na drugem mestu, kjer je tako mrzlo, da se vse spremeni v led, celo kri, ki teče po žilah. Na kraju, kjer noben človek ne bi mogel preživeti!

„Tudi Eriel je tam nemočen, saj so mu odvzeli njegove. Je pod ključem, nikogar ne vidi. Ničesar ne sliši. Nikoli ne bo smel zapustiti tega kraja - NIKOLI.“

„Želim govoriti z njim,“ je rekel E-Z. „Postaviti mu moram vprašanja - vprašanja, na katera lahko odgovori samo on.“

Rafael in Ophaniel sta zakričala: „Ne moreš! Ne smete!“

„Potem umikam podporo svoje ekipe. Prosim, vrnite me na moj dom. Haruto in drugi se lahko vrnejo k svojim družinam.“ Nehal je govoriti, ko se mu je v mislih prikazal PJ in Arden. Če ne bo ničesar storil, bosta obtičala v komi, morda za vedno.

Spomnil se je vseh trenutkov, ko sta mu pomagala. Prvi dan, ko se je vrnil v šolo na invalidskem vozičku. Ko so ga ponovno uvedli v igranje bejzbola - na igrišču so ga pozdravili vsi fantje iz ekipe. Ko so mu pomagali, ko so mu umrli starši. Po licu mu je padla solza. Obrisal jo je.

„Vzemite ga!“ je zagrmel glas v steni.

Nato je nenadoma postalo zelo, zelo hladno. Tako mrzlo, da si je predstavljal, kako se mu kri v žilah spreminja v led.

# POGLAVJE 14

## ERIEL NA LEDU

Sam. Tako zelo sam. In tako hladno, tako zelo zelo hladno. Kot da bi bil v izdolbeni kocki ledu. Ko je vdihnil, mu je led napolnil pljuča.

Šel je do roba. Vdihnil je vanj. Zameglilo se je. To ni bila kocka ledu, ampak steklena kocka. In tam je bil ročaj. Videti je bilo, kot da je narejen iz medalje. Ker se je bal, da se mu bo koža prilepila nanjo, je uporabil svojo srajco in jo odprl.

V notranjosti je bila zbirka toplih odej, puhovk, jopic, klobukov, rokavic - vse. Segel je vanjo in se navlekel.

Ko je roke stisnil v jopico, so mu misli poletele nazaj v čas, ko je oče na smučanju nosil podoben pulover. Bil je zelen, kot je bil ta, in na zunaj je bil na otip škrbast, v notranjosti pa je bil topel kot toast. Ko ga je potegnil okoli sebe in zapel spredaj, mu je nosnice napolnil hrastov vonj očetovega najljubšega losjona za britje. v njem je čutil očetov losjon za britje. Preplavil ga je močan občutek déjà vu, ko je potisnil prste v par črnih žametnih rokavic - rokavic, za katere je prisegel, da so pripadale njegovemu očetu. Vendar niso mogle biti, saj je bilo v požaru vse uničeno. Z rokami se je ovil okoli sebe in se skušal ogreti. Mislil je, da je mraz prevzel njegovo telo in um.

Odrinil je nekaj drugih predmetov in na dnu škatle odkril odejo, ki jo je takoj prepoznal. Ročno jo je pletla njegova mati na kavču noč za nočjo in ko je bila končana, je zasedla svoje mesto - na hrbtni strani usnjenega kavča. Za filmske večere in za pokrivanje oči, če bi se zgodilo kaj strašljivega.

Odstranil je rokavice in se je dotaknil, da bi se prepričal, ali je prava, nato pa jo je obrisal ob lice. Cvetlični vonj materinega parfuma ga je dosegel in ga potolažil. Po licu mu je stekla solza, ko si je ponovno nataknil rokavice, nato pa je očetovo jopico ovil v materino odejo. Odejo si je nadel kot kapuco in se zazrl v okolico.

Nad njegovo glavo, a z ostrimi bodicami usmerjeni navzdol, so bili stalaktiti iz ledu vseh velikosti in oblik. Če bi eden od njih padel, bi mu prebodel vrh lobanje in se nadaljeval skozi njega vse do prstov na nogah. Želel si je, da bi imel gradbeno kapo -

**BINGO**

In na njegovi glavi se je pojavil rumen gradbeni klobuk, nato še en in še en in še en. Počutil se je kot radovedni George in se nasmehnil. Zdaj je bil pripravljen na vse.

Iskal je vrata in si utiral pot vzdolž sten kocke. Nobenega ročaja ni bilo videti. V kakšen zapor so ga spustili?

Končno je na sredini desne stene našel robove. Snel je rokavico in z nohtom opraskal površino nečesa, za kar je kmalu ugotovil, da je okno. To, kar je videl, mu ni zmanjšalo tesnobe. Njegova kocka je bila ena od mnogih, ki so se raztezale vzdolž predora, kamor je segalo oko. Za zastekljenimi okni svojih kubusov ni bilo videti nobenega prebivalca.

Dihnil je na steklo in napisal besedo „POMOČ!", napisano nazaj, če bi jo kdo videl. Nato jo je hitro izbrisal in se spomnil, koga je prišel obiskat: Eriel.

E-Z se je premaknil vzdolž sprednjega dela kocke, na drugo stran, in znova našel okvir, za katerega je bil prepričan, da je okno. Odstrgal je površino in kmalu našel tistega, ki ga je iskal: izdajalca.

Nekoč mogočni nadangel je bil videti patetičen, kot da bi ga nekdo prebodel z iglo in iz njega izpustil ves zrak. Njegovo telo je bilo pritrjeno na steno. Sprva je E-Z mislil, da ga na mestu drži gravitacija ali nekakšna nevidna sila, potem pa je ob natančnejšem pregledu ugotovil, da je celotno Erielovo telo v debelem bloku ledu. Erielova kocka je bila oblikovana po njegovem telesu, zato je ledena voda napolnila vse kotičke njegove oblike, on pa v nasprotju z E-Z ni imel dostopa do odej.

**KLANČIČEK. CLANK. CLANK.**

E-Z je nagnil vrat v levo, ko je zaslišal zvok odmevajočih korakov. Čutil je, da se stvar približuje, vendar je ni mogel videti.

**CLANK. CLANK. CLANK.**

E-Z je zmajal z glavo. Moral se je osredotočiti, ostati v trenutku, a kljub temu je doživljal še en čuden občutek déjà vu.

V mislih se je vrnil v sanje, ki jih je imel pred časom o rojstnodnevni zabavi s PJ in Ardenom. V teh sanjah je prišla postava s kapuco, ki je izdala podoben zvok. Sanje so se nanašale na iskanje pogrešane bejzbolske kape.

Ko je zvok postal oglušujoč, je zagledal lik, ki je bil bojevnik, večji od življenja, s krili v velikosti dveh odraslih javorjev. V eni roki je nadangel nosil zlati ščit, v drugi pa meč. E-Z si je zaščitil oči, ko je svetloba udarila v trup meča.

**CLANK. CLANK. CLANK.**

Nadangelski bojevnik se je ustavil pred Erielom, ki ni dvignil oči, da bi se srečal s pogledom prišleka.

Dokler se ni ustavil, E-Z ni opazil nadangelovih ogromnih kril, ki so med hojo počivala. Zdaj se je bojevnik dvignil, tako da sta bila njegova in Erielova obraza poravnana.

„Imava obiskovalca," je rekel.

Erielove oči so ostale spuščene.

„Tvoje oči me ne slepijo," je rekel bojevnik. „Sramotila si se. Sramotila si nas vse - in vendar ti ni žal in se ne kesaš. Spregovori mi. Povej mi, zakaj naj ti sploh dovolim, da imaš obiskovalca."

Eriel je še naprej gledal v tla, medtem ko je nekaj neslišno mrmral.

„Govori!" je zahteval bojevnik.

„Kesam se!" Eriel je izjavil. „Kesam se, ker nisem..."

„Tiho!" je zahteval bojevnik.

**DROBENJE. CLANK. CLANK**.

Zdaj je bojevnik stal na drugi strani stekla, iz oči v oči z E-Z.

„Jaz sem Michael," je rekel.

„Pozdravljeni, jaz sem E-Z." Poznal je njegov glas. On je bil tisti, ki je Rafaelu in Ophanielu ukazal, naj mu dovolita govoriti z Eriel.

„Vstani," je rekel Michael.

„Ne morem hoditi," je rekel.

„Lahko, če tako rečem," je razkril Michael, "in jaz tako rečem. Vstani, E-Z Dickens!"

E-Z se je počutil kot eden od tistih, ki se pripravljajo na ozdravitev pri bogoslužju na televiziji. Nerad se je dvignil s stola. Noge so se mu nekoliko zatresle, predvsem zaradi strahu kot zaradi nejevere. Navsezadnje je bil Mihael najmočnejši nadangel. Čez nekaj sekund je E-Z stal pokončno v ledeni steni.

„Prosil si za pogovor s tisto stvarjo, tisto padlo stvarjo tam na steni. Ne bo vam pomagal, saj je gnil do dna. Pa vendar bi vam MORAL pomagati. Moral bi pomagati vsem nam, da se ne bi spremenil v ledeno skulpturo, ki bi bila stalnica tega kraja."

Z vsako besedo, ki jo je Michael izrekel, se je E-Z počutil močnejšega in samozavestnejšega.

Eriel je dvignil oči.

Za trenutek je v njih nekaj zagledal. Je bil to poraz? Je bilo to obžalovanje?

Eriel je zaprl oči, ko je njegovo telo v ledeni ječi, ki ga je držala, postalo negibno.

„Mislim, da je omedlel," je rekel E-Z.

**KLANK. CLANK. CLANK.**

Michael se je vrnil, da bi si pobliže ogledal svojo ledeno ječo. Z vrha njegovega škornja je zdrsnila kača in se začela plaziti proti Erielovemu obrazu. Stvar je drsela navzgor, navzgor, z razvejanim jezikom pa se je premikala sem in tja, kot da bi bila lačna krvi.

Michael je rekel: „Telo mojega prijatelja si utira pot proti tvojemu obrazu, Eriel. Ali ne boš odprla oči in pozdravila?"

Eriel je res odprl oči in ko je videl, da si kača utira pot navzgor po njegovem telesu, je zaječal.

**„GARUUUUUUUUUUUMMMMMMMMM!"**

Michael je lomil s prsti in kača se je nehala premikati. Michael je z nohtom strgal led. V njem je vibriralo Erielovo telo. Kot da bi ga udaril električni tok.

**„MMMMM,hhhhh,MMMMMMMMM!"**

„Ustavi se!" E-Z je zavpil in si zatisnil ušesa. „Prosim!"

Michael je prenehal škropiti. Dvignil je roko, kača pa se je ovila okoli njega in spolzela nazaj v njegov škorenj.

„Ta fant ti kaže usmiljenje, Eriel. To je več, kot si zaslužiš."

Eriel je še naprej obupano stokal.

Michael je nadaljeval in se obrnil k E-Z: „Dal ti bom pet minut časa, da Erielju postaviš vsa vprašanja, ki jih imaš."

Nato Eriel: „Lahko te prisilimo, da se pogovoriš z njim, vendar bi mi bilo ljubše, če bi se odločil, da mu pomagaš po lastni volji. Nekoč ste se odločili rešiti življenje tega mladega fanta. On pa mu je vrnil dolg. Zdaj pa ste nas izdali in si morate ponovno pridobiti naše zaupanje."

Michael je dvignil nogo in brcnil ledeno strukturo, v kateri je bil zaprt Eriel. Ta se je zatresla, vendar ni počila ali se razbila.

„Gnusiš se mi! Od tega človeškega fanta pričakuješ, da bo popravil tvoje napake. Da bo popravil vaše napake. Kljub temu ti želi dati priložnost, da odgovoriš na njegova vprašanja. Zato mu pomagajte. To je tvoja edina priložnost, edina priložnost, da nam dokažeš, da imaš v sebi še vedno nekaj, kar je vredno rešiti. Neki del tebe, ki še ni zgnil do dna.“

Eriel je dvignil oči: „Gospod.“ Spet jih je spustil.

„Lahko vam odpustimo, toda če mu ne boste pomagali, bo vaše pomanjkanje sodelovanja ustrezno upoštevano.“

Erielove oči so ostale uprte v tla.

„Ali razumeš?“ Michael je vprašal. Ko se Eriel ni odzval, je Michaelov glas zagrmel: „Ali razumeš?“

E.Z. se je zdelo, da se je led okoli njega stresel in zatresel že ob zvoku Michaelovega glasu, in še enkrat je bil hvaležen za vse čelade, ki so ščitile njegovo lobanjo. Upal je, da bodo zadostovale, sicer bi bil na tem mestu za vedno pokopan z Eriel in Michaelom in nikoli več ne bi videl strica Sama ali svojih prijateljev.

Eriel je prikimal.

„Pet minut,“ je rekel Michael.

**KLANČIČEK. CLANK. CLANK.**

In ga ni bilo več.

Z Eriel sta ostala sama.

E-Z se je približal Eriel in jo vprašal: „Kako lahko premagamo Furije?“

Eriel je odprl usta, da bi spregovoril, vendar ni rekel ničesar. Zaprl je oči.

„Prosim," je prosil E-Z. „Prosim, pomagajte nam."

**CLANK. CLANK. CLANK.**

Michael se je že vrnil. Ni moglo miniti pet minut - še ne. Od Eriel se ni naučil ničesar, prav ničesar.

Eriel je s stisnjenimi zobmi, ki so mu šumeli, zašepetal tri besede: „Uporabi Rafaelova očala."

„Kaj?" E-Z je zakričal in s pestmi udaril ob ledeno steno. „Kako?"

Naslednje, kar je vedel, je bilo, da se je spet znašel na vratih kuhinje. Na sebi ni imel več oblačil svojih staršev, vendar so se v njem zadrževali kombinirani vonji očetovega losjona za britje in materinega parfuma. Objel se je in poslušal, kako je Charles razlagal moralo svoje zgodbe.

„Morala moje zgodbe je," je dejal Charles, "da je vse lepše, če imaš prijatelje, s katerimi to deliš."

„Oh," je rekel E-Z, ko je Samantha naznanila, da je zajtrk postrežen.

„Postavite se v vrsto. Vzemite krožnik, prtiček in jedilni pribor. Pomagajte si sami," je rekla. „To je šmorg."

Sobo je rekel: „Sumogasubodo!" Harutu, ki je navdušeno zapiskal.

„Naredila sem suši," je rekla Samantha. „To je bilo prvič."

Sobo je prikimal: „Hvala, ampak naslednjič ti bom pomagal."

Samantha je prikimala: „To bi bilo čudovito."

E-Z je premaknil svoj stol naprej.

Stric Sam je zašepetal, ko je hodil poleg njega: „Kam si šel? Mislim, da si bil tam in tvoj stol je bil tam, ampak bil si tudi nekje drugje, kajne?"

„Uh, ja, razložil bom pozneje. Potrebujem čas, da predelam vse, kar se je zgodilo. Dajte mi nekaj minut. In mimogrede, hvala."

„Za kaj?" Sam je vprašal.

„Za zajtrk, bilo je kot v starih časih. Zabavno."

„Poskrbimo, da bomo to kmalu ponovili."

„Vsekakor," je rekel, ko se je odpravil v svojo sobo.

# POGLAVJE 15

## DOMOV SWEET DOMOV

S LEJKO PREJ SO BILI sami, je bilo dobro vedeti, da jih Eriel fizično ne ogroža več. Po zaslugi Michaela je bil onesposobljen, a šele potem, ko je vse izdal.

Eriel je šel predaleč, toda zakaj? Zakaj bi izdal svojo vrsto? Dobro je vedel, da je Michael močnejši od njega. To je nesmiselno.

**POP.**

**POP.**

„Dobrodošli doma!“ je rekel.

Hadz in Reiki sta pristala pred njim na postelji. „Hvala, E-Z. Z nama vedno lepo ravnaš.“

„Žal mi je, da je bil Eriel tako grozen do tebe. Dobro je, da je zdaj zaprt. To si zasluži."

„Kaj si misliš o njih?" Hadz je vprašal.

„Ne vem, kaj misliš."

„Poslali smo zaboj."

„Oh, morda ni delovalo," je rekel Reiki.

„To ste bili vi?" E-Z-ju so se zasolzile oči.

„Vesel sem, da je varno prispela," je rekel Hadz, ko se je paru wannabe angelov nasmeh raztegnil po obrazu tako, da se je zdelo, da so se ostale njune lastnosti zmanjšale.

„Najlepša hvala. Mislila sem, da je bilo v požaru uničeno vse, kar je pripadalo mojim staršem." Globoko je vdihnil in se boril proti solzam. „Želim si le, da bi vse to lahko prinesel s seboj. Čeprav mi je veliko pomenilo, da ga imam samo za..."

**ZAP.**

„Vse, kar si moral storiti, je bilo, da si rekel besedo. Navsezadnje so tvoji," so rekli.

Bila je tam, na koncu njegove postelje. Skrinja njegovih staršev ali tako imenovana škatla za odeje. V njej so bili zakladi, ki jih je prebiral kot otrok. In zdaj je bil njegov. Otipljiva skrinja z zakladom, polna spominov na starše.

„Ampak kako?" je vprašal.

„Nekaj stvari nam je uspelo rešiti tako, da smo vskočili in izskočili, ko je hiša gorela," je dejal Hadz.

„Odločila sva se, da jih bova hranila zate, dokler ne boš pripravljen, da jih dobiš nazaj. Upamo, da je bil čas pravi."

Kot v sanjah se je premaknil proti skrinji in odprl pokrov. Kot objem ga je pozdravil vonj očetovega mošusno-drevesnega brivca po britju, pomešan z materinim sladko-citronskim parfumom. Pazil je, da ne bi vse naenkrat ušlo, in nežno zaprl pokrov.

„Ne morem se vam dovolj zahvaliti. Nikoli se vam ne bom mogel zahvaliti. Vse bom prebrskal kdaj drugič. Še enkrat se vam obema najlepše zahvaljujem." Iztegnil je roke in oba wannabe angela sta priletela vanje.

„Preveč sopiha," je rekel Hadz.

„Ali ti je kdo rekel, da se moraš ostriči?" Reiki je vprašal.

E-Z si je s prstom počesal lase in pogladil osrednji del, ki je zaradi bivanja v ledeno mrzlem drobovju zemlje štrlel kot ščetine v krtači. „Bolje?"

„Malo," je rekel Hadz.

„Dobro, osredotočiti se moram. Drugi bodo kmalu prišli sem, da bi dobili najnovejše informacije o razmerah v Eriel. Povedati jim moram o Michaelu. Misliš, da bodo navdušeni, da sem ga spoznal?"

„Ni pomembno, ali so navdušeni," je rekel Hadz. „Pomembno je, ali ti je Eriel povedal kaj koristnega?"

„Da, vendar še vedno poskušam ugotoviti, kaj je mislil."

„Povej nam, morda bomo rešili skrivnost!"

„Kaj je mislil?" Alfred je vprašal, ko je s kljunom pokukal v sobo.

„Vstopite," je rekel E-Z.

Alfred je prikorakal noter. Bila je sezona ličkanja in za njim je plapolalo nekaj perja. „Pozdravljena Hadz, pozdravljena Reiki."

„Pozdravljeni," sta odgovorila.

„Dolga zgodba, a če preidem naravnost k bistvu, sem bil poklican nazaj v silos, kjer sta me Rafael in Ophaniel seznanila s situacijo v zvezi z Eriel. Deloval je na vseh straneh. Pretvarjal se je, da je zaveznik nas, nadangelov in Furij. Ne skrbite, njegovo izdajstvo je bilo odkrito, zato so ga ujeli in zaprli. Varuje ga glavni nadangel Mihael, ki mi je dovolil, da sem se na kratko pogovoril z Erielom."

„In kaj je Eriel povedal?" Alfred je vprašal.

„Imel sem čas, da mu zastavim samo eno vprašanje. Vprašal sem ga, kako lahko premagamo Furije. Zato sem prišel sem, da bi razmislil o tem, kaj je rekel."

„Ah, torej si hotel biti sam?" Alfred je vprašal. „Pojdita Hadz in Reiki, dajmo E-ju nekaj miru in tišine." Odpravil se je proti vratom, vendar sta ostala na mestu.

„Rešena težava je skupna težava," so zapeli.

„Res je. In to je bil nauk Charlesove zgodbe."

„Dobro, zberite se." Ustavil se je in rekel: „Eriel je rekel, da moramo uporabiti Rafaelova očala."

„Jasno, to je to?" Alfred je rekel. „Razumem, zakaj nisi prepričan, kaj je mislil. To je zelo nejasno."

„Vem. In ni povedal, kako jih uporabiti."

Hadz se je nagnil k Reiki in ji nekaj zašepetal.

**POP.**

**POP**

In izginili so.

„Morda začnemo od začetka. Povej mi, kaj točno ti je Eriel povedal."

„To sem že povedal. Rekel je, da uporabi Rafaelova očala. To je bilo to. Michael nas je imel na časovni uri. Najprej sem mislila, da Eriel ne bo rekel niti besede.

Rekel je tiste tri besede in čas se je iztekel. Naslednja stvar, ki sem jo vedela, je bila, da sem spet tukaj.“

Alfred je hodil in opazil škatlo z odejo na koncu postelje. „Kaj je to?“

„Pripadala je mojim staršem,“ je dejal E-Z in se boril z jokom. „Hadz in Reiki sta jo rešila iz ognja. Pravkar sta mi povedala, da sta jo rešila zame - celo svoja življenja sta ogrozila.“

„To je bilo tako,“ se je zjokal, “skrbno od njiju. Si ga že preživela?“

„Ne, ampak bom.“

„Kakšen je bil Michael?“

„Ko je hodil, je veliko šklepetal. Spomnil me je na sanje, ki sem jih imel o PJ, Ardenu in giljotini.“

„Oh, spomnim se, da si nam pripovedovala o teh sanjah. Je bil tako strašen kot usmrtitelj?“

„Michael je bil zelo jezen in upravičeno. Eriel ga je izdal, vsi nadangeli in mi. Ne razumem pa, kaj bi lahko bilo vredno takšnega tveganja?“

„Moč - nekateri ljudje bi naredili vse, da bi jo dobili. Toda ugotoviti moramo, kako lahko z Rafaelovimi očali zaustavimo načrt, ki sta ga sprožila Eriel in Furija.“

E-Z si jih je odstranil z obraza. Ko jih je nosil, kri ni utripala in se premikala v okvirjih, kot se je, ko jih je nosil Rafael. Na njem so bila kot vsa druga očala.

„Ukaži očalom, naj nekaj naredijo," je predlagal Alfred.

„Očala izginejo," je ukazal E-Z.

Spustil jih je in pristala so na tleh.

E-Z je zavzdihnil. Dve glavi v tem primeru zagotovo nista bili boljši od ene. Zasmejal se je.

„Lepo je bilo videti Hadza in Reiki nazaj. Ali bosta ostala tukaj? Mislim, da nam bosta pomagala?"

„Sta, vendar sta v zadnjem času veliko prestala in morda trpita za posttravmatsko stresno motnjo - to je posttravmatska stresna motnja."

„Ja, vem. Kaj se je zgodilo?"

„Eriel se je zgodil, to je to. Po vsem sodeč je na Zemlji in povsod drugod povzročal kaos in opustošenje." E-Z se je ustavil. „Kaj pa, če bi z očali spremenil svojo obliko?"

„In kaj?"

„Če bi lahko spremenil svojo obliko, bi lahko obiskal Furije kot Eriel."

„To bi delovalo le, če ne bi vedeli, da so ga ujeli," je rekel Alfred.

„Ja, ampak če ne bi vedeli. Pomisli na škodo, ki bi jo lahko povzročil. Lahko bi šel tja. Mislili bi, da sem na njihovi strani. In lahko bi se obrnil proti njim. BAM, lahko bi jih izločil iz parka!"

**POP.**

**POP.**

„To bi bilo preveč nevarno!" Hadz je zavpil.

„Preveč nevarno!" Reiki je ponovil.

„Poleg tega imamo drugo idejo."

„Povejte nam," je rekel E-Z.

„Poustvarili so Belo sobo, zato smo se vrnili tja, da bi preverili, ali obstajajo kakšne knjige o Rafaelovih očalih."

„In? Ali je bila tam kakšna knjiga?"

„Ne," je rekel Hadz.

„Toda našla sva to," je rekel Reiki.

To je bila majhna knjižica, velika približno toliko kot konec E-Z-ovega kazalca. Naslov na hrbtišču se je glasil: *Rafaelova prva knjiga Enocha.*

Hadz in Reiki sta listala po straneh, saj je bila knjiga idealne velikosti, da sta jo lahko držala skupaj.

„Tu piše," je na glas prebral Hadz, „Rafaelov namen je bil ozdraviti zemljo, ki so jo oskrunili padli angeli."

„Se spomnite, da je Rafael rekel, da jo lahko pokličem le, ko se bliža konec? Morda mi bodo očala razkrila svoje moči šele takrat, ko bodo tudi potrebna.“

„Točno tako,“ sta se strinjala Hadz in Reiki.

„Mislim, da potrebujemo še sestanek možganske vihre z drugimi, vendar je tvoja zamisel, da bi svoj videz spremenil v Erielinega, dobra,“ je dejal Alfred. „Morali bi le ugotoviti, kako te podpreti, ko bi to počel - da bi bil varen.“

„To je slaba zamisel,“ je rekel Hadz.

„Zelo slaba ideja!“ Reiki je rekel.

„Kako to?“ Alfred je vprašal.

„Prvič, ne veš, kaj vedo Furije.“

„Ali pa ne vedo.“

„Drugič, to bi lahko bila past.“

„Past, ki sta jo pripravila Eriel in Furije.“

„Tretjič in najpomembneje od vsega.

„Eriel se boji Michaela.“

V en glas so rekli: „Rafaelova očala morajo biti ključ do vsega. Eriel išče odpuščanje in odrešitev pri Mihaelu in drugih nadangelih. To je njegovo edino upanje. Vi ste njegovo edino upanje. Zato verjamemo, da vam je povedal resnico.“

„Kaj pa, če Furije ne vedo za Erielov - položaj? Medtem ko so oni v temi, imamo mi tu prednost,“ je dejal Alfred.

„Strinjam se,“ je dejal E-Z.

Lia je stopila v sobo, za njo pa še preostali člani tolpe. „Kaj se dogaja?“ je vprašala.

„Vstopite in razložil vam bom. In zaprite vrata za seboj.“

„Zveni dvomljivo,“ je rekla Lia. Opazila je Hadza in Reiki in jima pomahala. Nato je za njima zaprla vrata in jih zaklenila.

# POGLAVJE 16

## KAJ NAPREJ?

 Sedite in se udobno namestite," je rekel, ko so se vsi zgrnili na njegovo posteljo. „Najprej za tiste, ki ju še niso spoznali: to je Hadz, to pa je Reiki. Sta prijatelja in želena angela. Imenovana sta bila, da nam pomagata."

Haruto se je priklonil, Lachie pa je rekel: „Dober dan!" Charles in Brandy sta jima stisnila roko.

Ko so bili vsi uradno predstavljeni, se je ekipa posedla ob strani postelje. E-Z je menil, da so videti kot potniki, ki čakajo na avtobus.

„Vsi smo tukaj, da bi premagali Furije. Vendar moramo upoštevati nekaj aktualnih informacij. Preden se premaknemo naprej."

„Kaj s tem misliš?" Lia je vprašala. „Ali namigujete, da bi se lahko odpovedali?"

E-Z je odmahnil z grlom.

„Najbolje bo, če mi dovolite, da vam vse povem, potem pa boste lahko postavljali vprašanja. Verjetno bi moral začeti s tem. Vendar še vedno vse predelujem." Obotavljal se je. „Hočem reči, da mi pri tem dajte nekaj svobode, saj je situacija zapletena, še težje pa jo je razložiti."

Vsi so prikimali, zato je nadaljeval.

„Nadangeli so Eriela prijeli. Izdal jih je in izdal je tudi nas. Za nas ni več grožnja, je pa ogrozil naše poslanstvo. Težava je v tem, da ne vemo, koliko. Vemo pa več o njegovih namenih - na vsak način pridobiti nadzor nad Zemljo. Če se je zaradi tega postavil po robu nadangelom, je to pomenilo določeno tveganje - tudi če je imel na svoji strani Furije."

Vsi so glasno zavzdihnili, zato se je za trenutek ali dva ustavil, preden je nadaljeval.

„Nadangeli so mu obrnili hrbet. Srečal sem Mihaela, ki vodi nadangele, in ta je bil nad Erielom zgrožen. In Eriel se ga je ustrašil."

Več slišnih vzdihov.

„Naš načrt A je bil ujeti Furije v igralno okolje. Eriel se je tega načrta zavedal. Pravzaprav nas je spodbujal, naj ga izvedemo. Zato moramo preiti na načrt B. Že samo dejstvo, da je vedel za načrt A, je dovolj, da ga zavržemo.“

Več vzdihov in „O, ne!“

„Torej, načrt B. Vem, da mislite na očitno stvar: tj. da nimamo načrta B. No, nismo ga imeli. Ampak zdaj ga imamo. Vas bo šokiralo, če boste vedeli, da je naš načrt B prišel iz ust našega izdajalca?“

Vsi so prikimali.

„Kot sem že povedal, sem se srečal z Michaelom. On je bil tisti, ki je Erielu predlagal, da bi mu lahko prizanesli, če bi nam pomagal, in samo če bi nam pomagal.

„Michael nama je dal na voljo le pet minut. Večino tega časa Eriel ni rekel ničesar. Potem, ko se je čas iztekel, je izrekel tri besede: „Uporabi Rafaelova očala“ - in to je bilo to. Nekoliko pozneje sem se spomnil, da je Rafael rekel, da bi bil Charles lahko naše skrivno orožje, tako da bi z očali lahko imeli dve orožji, za kateri ne vedo.“

Charles je zavzdihnil.

E-Z je Charlesu prikimal.

„Toda preden zožimo in naredimo nekaj možganskih neviht, moramo pogledati širšo sliko in se odločiti, ali je to naš boj. Ali je to nekaj, v kar še vedno želimo biti vključeni kot ekipa.

„Zaradi Eriel sem danes živ. Rešil me je in nato rekel, da sem dolžan njemu in drugim nadangelom. Da bi odplačal ta dolg, sem opravil več preizkušenj. Pridružila sta se mi Alfred in Lia, s katerima smo skupaj ustanovili trojko. Potem pa smo se na njuno željo razšli.

„Ustanovili smo svojo spletno stran o superjunakih in pomagali ljudem. Dokler naju nadangeli niso zaprosili za pomoč pri premagovanju piratov Lovilcev duš. Sčasoma smo izvedeli, kdo so: Furije, mogočne in zlobne grške boginje, ki so se vrnile.

„Hadz in Reiki sta me vzela na izvidništvo, da bi mi pokazala njihov sedež v Dolini smrti. Tam sem videl, kako so bile nakopičene posode, napolnjene z dušami otrok. Kasneje so nam odvzeli PJ in Ardena. Njuno stanje se ni spremenilo. In po Rafaelovi zaslugi smo na lastne oči videli, kako delujejo te grde boginje.

„Furije so vredne nasprotnice. Če se bomo borili z njimi, lahko umremo. To seveda ni najnovejša informacija, toda ali je vredno tvegati naša življenja zdaj, ko nas je Eriel izdal?

„Če upoštevamo vse, še posebej pa to, da imamo na svoji strani dve skrivni orožji. Čeprav ne vemo, kako ju lahko uporabimo. Morda smo v dobrem položaju, da zmagamo v tem boju. Če bomo držali skupaj in če si bomo drug drugemu krili hrbet. Če smo pripravljeni še vedno tvegati svoja življenja za večje dobro. Za dobro Zemlje, za reševanje Zemlje. Kaj pravite?"

Nato se je zavedel, da so vsi - razen Alfreda - skakali po postelji in govorili: „Eden za vse in vsi za enega!"

E-Z je dvignil roko. "

„Vsi, ki ste za boj proti Furiji, povejte: Da."

Odločitev je bila soglasna.

Sobo je potrkal na vrata in vprašal: „Morda lahko tudi jaz pomagam."

# POGLAVJE
# 17
# VPRAŠAJTE CHARLES DICKENS

**B**RANDY SE JE SLIŠNO posmehnila, zato so vsi v sobi pogledali v njeno smer. „In kako boš ti, starejši državljan, pomagal naši ekipi superjunakov premagati tri močne zlobne boginje?" je vprašala.

Po sobi se je razlegel vzdih, zaradi česar se je Haruto hitro premaknil na stran svojega Soboja. Zgrabil jo je za roko in si jo stisnil k srcu.

Sobo, ki je Brandyjina nevednost ni zmedla, je vnuku šepetala pomirjujoče besede v japonščini.

„Opraviči se," je zahteval E-Z.

„Vse je v redu," je rekel Sobo. „Prav ima, morda nisem superjunak kot vsi vi, toda vsakdo v tem življenju lahko nekaj da."

„Oprosti, Sobo," je rekla Brandy. Pri tem se ni ustavila. „Mislila sem…"

„Utihni!" Lia je vzkliknila. „Pridi, Sobo."

„Uporabimo vso pomoč, ki jo lahko dobimo," je rekel E-Z.

Charles je vstal in ponudil svoje mesto Sobu in Harutu.

„Hvala," je rekla Sobo in z vnukom sta nekaj trenutkov sedela drug ob drugem, ne da bi spregovorila.

„Se počutiš dovolj dobro?" Haruto je vprašal.

„Da, mali," je rekel Sobo. „Tudi jaz imam supermoč. Ta supermoč se imenuje transformacija. Živel sem že veliko življenj in odigral veliko vlog… z vsakim življenjem se naučim nekaj novega. Odprt sem za učenje, to je bistvo življenja. Ponujam svoje življenje; naredil bi vse, da bi vas rešil. Vse vas."

„Tudi mene?" Brandy je vprašala.

Sobo se je zasmejal. „Še posebej tebe, otrok."

Brandy je prečkala sobo in ga objela okoli vratu. „Hvala. Ampak zakaj ravno meni?"

Haruto je vstal in z rokami na bokih vzkliknil: „Ker si nora!"

Vsi so se smejali, tudi Brandy.

Sobo je rekel: „Ker si neustrašen. Da, biti neustrašen je močno čustvo, vendar se moraš naučiti potrpežljivosti. Za preživetje v tem svetu potrebuješ oboje. Z obema boš postal še večja sila, s katero je treba računati. Življenje je spreminjanje, sebe od znotraj navzven in od zunaj navznoter. Naučite se. Rastite. Biti moramo kot drevesa, ki se spreminjajo z letnimi časi, upogibajo z vetrom."

„Tako lepo," je rekel Charles.

„Toda svet je poln dobrega in zlega," je dejal Sobo. „Tako mora biti. Eno mora obstajati, da lahko obstaja drugo. In mi, ti, jaz in vsi tukaj, se moramo boriti le za dobro. Na tem svetu je lahko samo en zmagovalec. Ta zmagovalec mora biti za dobro vsega človeštva."

Sobo je prenehal govoriti. Medtem ko je lovila sapo, so ostali molčali in čakali, da nadaljuje.

„Tukaj sem zato," je nadaljevala Sobo, "da prinesem pozdrave od Rozalije."

„Ti in Rosalie, Sobo, ampak kako?" Lia je vprašala.

„Rosalie je prišla k meni v sanjah. Kako sem vedel, da je to ona? Ker mi je to povedala. Sanje so močne enote. Duhovi prečkajo svetove in se mešajo z nami, da bi bili z nami ali da bi nam povedali stvari, ki jih ne poznamo, na primer opozorila, slutnje. Rosalie nam je želela pomagati v bitki, se boriti in zmagati.“

„Da,“ je rekel E-Z. „Pogosto sanjam o svojih starših. Včasih mi kaj razkrijejo ali mi povedo stvari, za katere ne bi mogli vedeti. Razen če sta z mano delila moje življenje.“

„Da, ljubezen je močno čustvo, ki nima meja. Tisti, ki jih imaš rad, te bodo iskali, našli in ti pomagali tudi v najtemnejših trenutkih.“

„Ali je,“ je vprašala Lia, “srečna?“

Sobo se je nasmehnil. „Sreča ni vse. Naj ti povem, da je sama. To je vse, kar moraš zares vedeti. In kot ona sama, kot plovilo, ki se bori na strani tudi samo dobrega, verjame v vas, gospod Charles Dickens. Vi ste naša moč.“

„Jaz?“ Charles je vprašal.

„Da, Charles. Odpeljite nas v knjižnico. Knjižnico v oblakih.“

„Nikoli še nisem slišal zanjo. Ne morem vas peljati tja. Gotovo me je pomešala z enim od drugih.“

„Katero knjižnico?“ Brandy je vprašala.

„In zakaj je v oblakih?“ Lia je vprašala.

„Bil sem tam," je rekel Sobo. „Je zelo stara in zaščitena... vedo samo tisti, ki vedo."

„Jaz nisem eden izmed njih," je rekel Charles.

„Potrebuješ le malo pomoči," je rekel Sobo. „Daj mu Rafaelova očala in potem bo vedel."

„Počakajte trenutek," je rekel E-Z. „Kako ste prišli tja?"

„Ali mi ne verjameš?" Sobo se je nasmehnil. „Rosalie me je tja pripeljala v sanjah... ona je duh... in vodila me je kot sanjski sprehajalec."

„Si prepričan, da ni bil to spomin, ki ga je delila o Beli sobi?"

„Zagotovo ne. Kako to vem?" Sobo je vprašal. „Ker mi je Rosalie povedala, da se nikoli več ne želi vrniti na kraj, kjer so jo umorile tiste zlobne sestre."

„To je smiselno, a vendar me nekaj, kar je Rafael rekel o tem, da nikoli ne bo izročil očal - nikomur -, skrbi, da ne bi ravnal v nasprotju z njenimi željami."

„Kaj pa, če Rosalie ni ena od tistih, ki vedo?" Sobo je vprašal. „Ali naj bi z zavrnitvijo najnovejših informacij Rosalie, zaupanja vredne prijateljice in zaupnice, zamudili priložnost, da povečamo svoje možnosti za zmago nad Furijami?"

„Najprej mi povej," je rekel E-Z, „kako je bilo?"

Sobo je zaprla oči. „Predstavljajte si čas, ko ste vročo vodo prižgali samo pod tušem ali v kopeli, brez ventilatorja in brez odprtega okna. Zapustili ste sobo, da bi nekaj prinesli, in zaprli vrata. Ko ste jih pozneje odprli, je bila soba polna pare in ko ste vstopili, niste mogli videti ničesar - na začetku. Toda oči so se prilagodile in potem ste lahko videli vse. Enako je bilo z mano, ko sem prvič vstopil v Oblačno knjižnico.“

Odprla je oči. „Predstavljajte si notranjost oblaka, kjer so obstajale knjige. Vsaka posamezna napisana, izdana knjiga, vse tam pred vami. Na voljo za branje, jemanje, učenje. Tako je bilo v Knjižnici v oblaku. In vsi naj bi si jo zdaj šli ogledat in si jo ogledali sami. Danes.“

„Sliši se čarobno,“ je rekel Charles. „Želim iti. Vse vas želim peljati tja.“

„Sliši se predobro, da bi bilo res,“ je rekla Brandy.

Sobo se je nasmehnil.

E-Z je okleval, preden je odstranil očala in jih podal Charlesu.

„E-Z,“ je rekel Sobo, “Rosalie mi je povedala, da je izjema od Rafaelovega pravila Charles. Se spomniš? In ona je bila tista, ki je razkrila, da je Charles naše skrivno orožje.“

E-Z je prikimal in dal očala Charlesu.

Charles si jih je brez oklevanja nataknil. Ko si jih je zataknil za ušesa, so barve na okvirjih utripale v vseh znanih barvah. Vse barve razen rdeče. Ko so se očala ustalila v zelenem odtenku trave, se je Charlesov vrat zasukal levo desno levo desno levo. Vzravnal se je in se zazrl predse.

„Pripravljen sem," je rekel. „Držite se za roke, da bomo vsi povezani, in odpeljal vas bom tja."

„Počakajte nas!" Hadz in Reiki sta zakričala, ko sta skočila na E'Z-jeva ramena in se držala za življenje. Čez nekaj trenutkov ni bilo nikjer nikogar.

# POGLAVJE 18

## KAJ JE ŠLO NAROBE?

"Ne **razumem**," je rekel Charles. „V mislih sem ga videl. Morda potrebujem navodila ali čarobne besede. Ali ti je Rosalie povedala kaj posebnega, kar moram storiti, razen da moram Sobu natakniti očala?" Charles je vprašal.

Sobo je zmajala z glavo. „Poskusi kaj drugega."

„Odpeljite nas v oblačno sobo!" je zahteval.

Tokrat so se kot skupina vsi zasukali, kot da bi nekdo odprl okno.

„Zaprite oči," je rekel Charles. „Vsi pripravljeni?" Vsi so prikimali. Zaprl je oči, ko se je skupina superjunakov in Sobo razdrobila.

„Nekaj je drugače,“ je rekel Lachie in odprl oči. „Jaz se počutim drugače.“

Tudi E-Z se je počutil čudno, ko je odprl oči. Hadz in Reiki sta zdaj smrčala. Zdelo se je čudno, da bi zadremala. In kaj je bilo še drugače? Rafaelova očala so bila brez barve. Zakaj? To se še nikoli prej ni zgodilo. In kaj še? Alfred - kje za vraga je bil Alfred?

„Alfred? Kje si?“

Lia je planila v jok.

„Zakaj jokaš?“ E-Z je vprašal.

„Ker ne vidim ničesar, ne z rokami. Ne več.“

„Charles. Očala,“ je rekla Brandy.

„Kaj pa?“ Odstranil jih je.

Pokrili so si ušesa, ko je Sobo odvrgla glavo in zavpila kot banshee, dokler mehka orkestralna glasba ni preglasila njenih krikov in so vsi zaspali.

Z DAJ, KO STA DVOJČKA spala, sta se Samantha in Sam spraševali, kako je potekal sestanek v sobi E-Z. Ko sta prišli, so bila vrata zaklenjena in nihče se ni odzval, ko sta potrkali.

„To je čudno," je rekel Sam. „E-Z nikoli ne zaklepa vrat.

„Prinesi ključ," je rekla Samantha.

Sam je imel slab občutek, ko je vstavil ključ v ključavnico.

Sam in Samantha sta gledala, kako Sobo, Brandy, Lia, Lachie, Haruto, Charles in E-Z gledajo predse kot manekeni v izložbi.

„Komaj dihajo," je rekel Sam.

„In kje je Alfred?"

„In zakaj Charles nosi Rafaelova očala?"

„Strah me je," je rekla Samantha in vzela moževo roko v svojo.

„Mislim, da tu ne smemo ničesar motiti,“ je rekla Sam. „Zdi se mi, da se dogaja nekaj, za kar ne vemo.“

„Strašljivo je.“

„Kaj je to?“ Sam je opazil škatlo na koncu E-Z-jeve postelje. „Ne verjamem! Ne more biti.“ Sklonil se je in dvignil pokrov skrinje, ki jo je že večkrat videl v bratovi sobi. Skrinjo, za katero je mislil, da je bila uničena v požaru. Tako kot se je zgodilo z E-Z, so se tudi njemu dvignili spomini, ki so jih ustvarili vonji v notranjosti, in preplavila so ga čustva.

„Pojdimo od tu,“ je rekla Samantha. „Zunaj mi lahko poveš več o skrinji.“

„Dajmo ji nekaj časa. Kmalu se bodo zbudili in...“

„Mislim, da nimamo druge izbire,“ je dejala Samantha, ko sta za seboj zaprla vrata.

# POGLAVJE 19

## CLOUD SOBA

CHARLES JE ZA TRENUTEK obstal in si ogledal okolico. Ali jih je pripeljal na napačno mesto? On in drugi (ki so vsi spali) so bili visoko na nebu, brez enega samega oblaka. Pristali so sredi ploščadi iz stekla. Kako se je držala, ni vedel. Opazil je, da se E-Z-ov invalidski voziček kotali naprej, zato je pohitel k njemu in ga zbudil.

„Kje smo?“ je vprašal in prebudil Hadža in Reikija, ki sta še vedno trdno spala na njegovih ramenih.

„Zbudite se! Zbudite se!“ Charles je ukazal.

Eden za drugim so odprli oči, nato pa se zavedli, kako visoko so, in se prijeli drug drugega, da se ne bi premaknili. Trudili so se, da ne bi pogledali navzdol skozi steklo, ki jim je preprečevalo, da bi padli na tla.

„Želim si, da bi ta stvar imela ograjo!" Lia je vzkliknila. Zdaj je lahko videla vse, vendar si je delček nje želel, da ne bi mogla.

„Kaj jo drži pokonci, tega ne morem ugotoviti," je rekel Charles.

„Nikoli nisem bila velika ljubiteljica višin," je rekla Brandy in prijela najbližjo razpoložljivo roko, ki je pripadala Charlesu.

„Oh," je rekel, ko je začutil, kako hladna je njena roka.

„Poletel bom tja in si ogledal," je rekel E-Z in odletel ter se premikal po ploščadi, za katero se je zdelo, da je zrasla iz zraka, saj je ni nič držalo in nobeno sidro ni držalo na mestu.

Haruto se je držal babičine roke. Prebudila se je počasneje kot drugi. Ko se je zdelo, da se je popolnoma prebudila, je rekla le: „O ne," je bilo vse, kar je rekla. Vedno znova in znova.

„To ni oblačna soba, kamor te je odpeljala Rosalie, kajne?" Charles je vprašal.

Sobo je naredila korak, dva, medtem ko so se otroci oklepali nje. Zaprla je oči, jih tesno stisnila in nato spet odprla.

„Kaj počneš?" Brandy je vprašala.

„Iščem knjige," je rekla Sobo. „Če je to pravi kraj, potem bi morale biti tu knjige. Veliko knjig. Nobene ne vidim. Niti ene."

E-Z, ki je še vedno raziskoval strukturo ploščadi, je vprašal: „Se mi zdi, da smo na pravem mestu? Ali so knjige lahko prikrite? Ali jih lahko kdo vidi?"

Vsi so zavrnili z glavo, celo Hadz in Reiki, ki do tega trenutka med seboj nista spregovorila niti besede.

„Imam slab, slab občutek glede tega kraja," sta v en glas zapela Hadz in Reiki.

Charles je okleval, preden je spregovoril. „Ko sem si nadel očala, sem v glavi videl knjižnico, in to tako, kot nam jo je opisal Sobo. Ni bilo steklene ploščadi. Ta prostor ni takšen, kot sem si ga predstavljal. Najprej sem mislil, da so očala naredila napako, zdaj pa, če imata Hadz in Reiki slab občutek, pa tudi Sobo, mislim, da je tako." Sobo je prikimal in opazil je, da se je tresla. „Mislim, da moramo oditi od tu - in to hitro."

E-Z je opazil, da manjka Alfred. „Ali kdo ve, kaj se je zgodilo z Alfredom? Ko smo prišli sem, smo bili vsi povezani z dotikom. Kako se je lahko navezal?“ Zdaj je opazil, da sta se Hadz in Reiki zdela iz sebe. Skoraj tako, kot da bi bila omamljena, saj so se jima oči zavihtele nazaj v glavo in sta imela težave z ohranjanjem budnosti.

„Labodi nimajo prstov, ki bi se jih lahko dotaknili,“ sta v en glas zapela oba wannabe angela. Izbruhnila sta v smeh in se vrtela v krogu, dokler nista bila preveč omotična, da bi ostala na površju, in sta s pljuskanjem padla na steklena tla.

„Ok, Charles, to je dovolj dokazov. Odpeljite nas nazaj domov - zdaj.“

Charles, ki je Rafaelu odstranil očala, si jih je zdaj spet nadel, da bi izpolnil E-Z-jeve ukaze, je vzkliknil: „Oh, tam so!“

„Zdaj lahko vidiš knjige?“ Sobo je vprašal.

„Ko smo prišli, jih nisem mogel, zdaj pa jih vidim. Kaj naj zdaj naredim?“

„To nima smisla,“ je rekel Sobo, „zakaj bi bile za vas prikrite, potem pa razkrite? Rosalie teh stvari ni omenila.“

„Mislim, da zrak tukaj zgoraj vpliva na naše možgane,“ je rekel E-Z. „Začenjam se počutiti kot v napoto, vrtoglavica. Bolje je, da se čim prej umaknemo od tu, sicer bomo končali na ploščadi z obrazom navzdol kot Hadz in Reiki.“

Charles je iztegnil roko in v njo je priletela knjiga, ki si jo je zatlačil v srajco. „Odpeljite nas nazaj!“ je zaklical. Kot prvič, ko sta poskusila, se ni zgodilo nič.

„Morda se moramo držati za roke,“ je rekel Sobo. „In spet zapreti oči.“

Oboje sta storila in takoj so ju na ploščadi začeli premetavati veliki sunki vetra. Stisnili so se drug k drugemu kot nogometna ekipa pred veliko tekmo. Z nogami sta pritiskala na ploščad v upanju, da ne bosta odletela.

E-Z si je razbijal glavo in poskušal najti izhod. Ali je bil edini način uporaba edine priložnosti, da prikliče Rafaela, da pride na pomoč? Pogledal je Charlesa, za katerega se je zdelo, da izginja in izginja. „Charles!“ je zakričal, nato pa je čez ramo opazil, da se jim hitro približujejo Baby, Little Dorrit in Alfred.

Alfred je zakričal: „Moramo te spraviti od tu - zdaj. To mesto je kot svetilnik, ki te osvetljuje, da te vidi ves svet, vključno s Furijami!“

„Nisem vedel, da so Rosalie uporabili kot past.“ Sobo je vzkliknil: “Nisem vedel, da so Rosalie uporabili kot past.“

„Charles je videl knjige in eno je celo dobil. Pojdimo na varno. Nihče ni kriv. Vaši nameni so bili dobri,“ je dejal E-Z.

„Hvala,“ je rekla Sobo, ko je začela izginjati in izginjati, tako kot je to počel Charles. Brandy jo je prijela za roko in jo trdno držala, dokler Sobo ni več zbledel.

Alfred je rekel: „Gremo!“

Lachie je skočil na Babyin hrbet, potegnil tresočega Charlesa na krov in odletela sta. V njegovi srajci se je knjiga, ki jo je tam držal, razširila in dva gumba srajce sta odletela. Z eno roko je trdno držal knjigo, z drugo pa Lachieja, medtem ko je Baby stopnjeval hitrost.

Mala Dorrit se je sklonila, ne da bi se dotaknila ploščadi, da so se lahko ostali vkrcali, medtem ko je E-Z zgrabil Hadža in Rekija. Odleteli so, Alfred in E-Z sta letela drug ob drugem, medtem ko se je nebo spreminjalo iz modrega v črno, iz črnega v modro, iz črnega v črno, na nebu pa so se pojavile zvezde, ki pa niso bile zvezde. Bile so očesna zrkla. Očesa, ki so streljala Boogerja, takšna, kot jih je srečal v Dolini smrti, ko se je prvič srečal s Furijami.

**POKLIC. SPLAT. SPLAT.**

**SPLAT. SPLAT. SPLAT. SPLAT.**

**SPLAT. SPLAT. SPLAT. SPLAT. SPL-**

Charles je na ves glas zakričal: „DOMOV!" In tokrat je uspelo. Spet sta bila doma. Na varnem.

Haruto je babico objel z rokami.

„Zelo sem vesel, da sem spet doma," je rekel drug drugemu.

Nekaj trenutkov pozneje sta prišli Sam in Samantha.

VIDELI SMO VAŠA TELESA, ki so spala v vaši sobi. Nisva vedela, kaj naj storiva," je rekel Sam.

„To je dolga zgodba," je rekel E-Z.

Sobo je vprašal Charlesa: „Vam je uspelo obdržati knjigo?" „Seveda," je rekel Charles in jo dvignil. Bila je velika knjiga, v trdih platnicah, z debelim hrbtom, ki so ga lahko videli in brali vsi -

***Velika pričakovanja*** Charlesa Dickensa.

„Prinesel si eno od svojih knjig?" Brandy je vzkliknila. Lachie se je posmehnil.

„I..." Charles je rekel. „Rekel si mi, naj izberem katero koli knjigo, in to je bila tista, ki sem jo vzel naključno."

„Vse se zgodi z razlogom," je rekla Lia.

„Ampak to je res pretirano," je vzkliknila Brandy.

„Vsi se umirite," je rekel E-Z. „Charles se je v danih okoliščinah potrudil po svojih najboljših močeh - in vsaj ON je lahko videl knjige. Nihče od nas ni mogel."

„Velika pričakovanja,“ je rekel Alfred, "so grrr-jeda knjiga!“ Zvenel je kot britanska različica tigra Tonyja iz reklam za kosmiče.

„Prav ima,“ sta se strinjali Sam in Samantha. „To je eden najboljših romanov, kar jih je bilo kdaj napisanih.“

Charles je odstranil Rafaelova očala in jih vrnil E-Z-u, ki si jih je takoj nadel. Zavrtel je z glavo, vendar je bil naslov knjige, ki jo je Charles še vedno držal v rokah, drugačen. Na glas je prebral novi naslov,

**"Polje sanj** W. P. Kinsella.“

„Naj poskusim,“ je rekla Lia in segla po Rafaelovih očalih.

„Počakaj!“ E-Z je zavpil, ko mu jih je Lia snela z obraza. „Ne natakni si jih. Ne pozabite, Rafael je rekel, da jih smem nositi samo jaz, vendar sem zaradi Sobovih sanj naredila izjemo za Charlesa, vendar mislim, da jih ne smemo podajati naokoli. Poleg tega že poznamo odgovor na vprašanje, ki si ga vsi zastavljamo. To je knjiga, ki postane takšen naslov, kot si ga bralec želi videti.“

„Ali pa mora videti,“ je rekel Sobo.

„Toda jaz nisem želel ali potreboval videti Velikih pričakovanj. Nikoli nisem niti slišal zanjo!“

„Toda predstavljajte si," je rekel Sam, "kakšna knjižnica bi to lahko bila v prihodnosti. Vse, kar moramo storiti, je, da si izmislimo naslov knjige, in voila, že jo držimo v rokah."

„Vendar to ne bi bilo dobro za avtorje, kako bi jih plačali?" Samantha je vprašala.

„Ne vem, kako bi vse to delovalo, in morda nam tu manjka kaj velikega," je dejal Alfred.

„Kaj velikega?" E-Z je vprašal.

„Kaj če bi bila knjiga tista, ki bi izbrala bralca, in ne obratno?"

„Doo-doo-doo-doo-doo," je zapela Brandy, kar je bila glasba iz serije The Twilight Zone.

„Če povzamemo. Sobo je imela sanje, v katerih ji je Rosalie pokazala Oblačno knjižnico in z Rafaelovimi očali nas je Charles lahko popeljal tja. To je tudi storil, vendar kraj ni bil takšen, kot smo pričakovali. Samo Charles je lahko videl knjige, eno je vzel, na poti nazaj pa so nas napadli očesni zrkli, ki so streljali s kozami, podobni tistim, ki so v Dolini smrti napadli Hadž Reiki in mene." ‚To je na kratko vse,' je rekla Brandy.

„Zanima me le, ali je Eriel povedala Furiji, da je Rafael dal E-Z očala," je vprašal Lachie.

„Tega morda nikoli ne bomo izvedeli,“ je rekel E-Z, "ker je Michael dal Eriel samo eno priložnost, da se pogovori z mano.“ Odšel je do okna in pogledal ven. „Sprašujem se,“ je rekel.

„Kaj se sprašuješ?“ so vzkliknili vsi.

„Ali Furije vedo za očala in njihove moči. Če so nas prek Rosalie prevarali, da smo obiskali Oblačno knjižnico, potem morajo vedeti za Charlesa. To pomeni, da ni več skrivno orožje. Kako bi sploh lahko vedeli? In vendar so očala v očeh - to je preveliko naključje.“

„Eriel ti je rekel, da moraš uporabljati očala,“ je rekel Alfred.

„Videl sem ga, kako so ga zadrževali, in nikakor, nikakor ni bilo mogoče, da bi lahko sporočil Furiji ... ne, ko je Michael varoval vsak njegov korak.“ E-Z se je zavihtel nazaj, kjer so bili ostali. „Mimogrede, Alfred, kako si se ločil od nas?“

„Izgubil sem se v črnem oblaku, dokler nisem poklical Little Dorrit in Baby, da mi pomagata, in vse ostalo že veste.“

„Bilo je tako čudno,“ je rekel Charles. „V nekem trenutku nisem videl knjig, odstranil sem očala, si jih spet nadel in bile so povsod. Kljub temu sem bil edini, ki jih je lahko videl.“

„Videl sem jih,“ je rekel Baby. „Ta je priletela proti meni,“ jo je vrgel Charlesu, ki jo je ujel z dvema prstoma.

Bila je miniaturna knjiga z drobnim naslovom na hrbtu, ki so ga vsi glasno prebrali:

***"Vse, kar ste želeli vedeti o furijah, a ste se bali vprašati***, avtor: Anonymous.“

„Zadetek!“ Brandy je vzkliknila.

Zbrali so se okoli drobne knjige, Charles pa jo je vsakič previdno odprl. Sprednja platnica je bila prazna, prav tako prva stran. Obrnil je na naslednjo stran, kjer so bile besede, ki so se takoj začele premikati, premetavati. Besede so lebdele na strani, se premetavale in premešavale, kot da bi pozabile, katere besede in jezik naj bi predstavljale.

E-Z, ki je še vedno nosil Rafaelova očala, je ob premikanju besed začutil vrtoglavico, zato jih je snel.

„Poskusi,“ je rekel Charlesu in mu podal očala.

Charles si jih je nadel in jih hitro spet snel ter odhitel k oknu na svež zrak. Vrnil jih je E-Z-u.

„Zdaj pa ti,“ je rekel Sobu, ki očal ni želel preizkusiti, tako kot Haruto.“

„Poskusila bom,“ je rekla Lia, vendar se je kmalu pridružila Charlesu pri oknu.

„Lachie?“ E-Z je vprašal.

„Jasna stvar,“ je rekel in si nataknil očala, nato pa jih takoj spet snel. „Ne gre,“ je rekel in se ulegel na posteljo.

„Dovolite mi, da poskusim!“ Brandy je rekla, ko ji je E-Z dal očala v roko in si jih je namestila na obraz. „Čakajte trenutek,“ je rekla, ‚zdi se mi, da nekaj vidim, to je to …‘ in iz sebe je izstrelila zeleno snov, ki je na srečo zadela steno in ne človeka.

„Pojdi z nama,“ sta rekla Sam in Samantha Brandy, "pomagala ti bova, da se očistiš.“

„Uh, hvala,“ je rekel E-Z in obrnil stol proti Alfredu, nato pa si na kljun položil očala.

„Labod z očali. Smešno!“ Alfred je rekel.

„Izgledaš zelo študiozno!“ Charles je rekel.

„Izgledaš kot profesor Ludwig Von Drake!“ Brandy je vzkliknila.

Sam je rekel: „Bil je učitelj račka Donalda.“

„Oh,“ so rekli tisti, ki so bili premladi, da bi slišali za Donalda Ducka.

„O moj,“ je rekel Alfred, ko so se besede nehale vrteti in so se vrnile na način, kot jih je napisal avtor.

Prebral je prvi dve strani, nato naslednjo, naslednjo in naslednjo. Celotno knjigo je preletel z lahkoto hitrega bralca, in ko je končal, se je knjiga zaprla.

**POOF**

in je izginila.

„No, to je bilo zanimivo,“ je rekel Alfred, vrnil očala E-Z-u in se ustavil, da ne bi padel.

„Hočeš reči, da si jo prebral v celoti?“ Sam je rekel. „Ta očala so izjemna.“

„Spomnim se vsega, vendar moram obdelati informacije in se spočiti. Nočem sedeti tukaj in ti brati v celoti. Bolje bo, če bom razvrstil, kar sem se naučil, in potem se bova o tem pogovorila.“

„Kaj pa če,“ je vprašala Brandy, “ste spregledali nekaj, česar ne bi spregledal nihče od nas? Nič osebnega.“

Alfred se je zasmejal. „To, da sem zdaj v podobi laboda, še ne pomeni, da v svojem življenju nisem prebral veliko, veliko knjig. Pravzaprav sem v mladosti obiskoval univerzo v Oxfordu in diplomiral z odliko. Študiral sem književnost in umetnost.“

E-Z je rekel: „Niste si izbrali knjige - knjiga je izbrala vas. Nihče od nas ni mogel prebrati niti ene same besede v njej.“

„Hvala, ker ste verjeli vame.“

Lia je rekla: „Koliko časa želite še razmišljati? Lahko greva gledat tisti film?“

Samantha je rekla: „Moram narediti še nekaj popcorna. Drugo skledo smo že pojedli.“

„Stresno prehranjevanje,“ je z nasmeškom rekla Sam.

„Hvala,“ je rekel Alfred. „Vrnil se bom k tebi, takoj ko bo mogoče.“

„Vzemi si toliko časa, kolikor ga potrebuješ,“ je rekel E-Z, “pridruži se nam, ko boš pripravljen.“

Druščina je odšla v dnevni prostor in pripravila film. Samantha je v mikrovalovni pečici pripravila še nekaj popcorna. Vsi so se zbrali okoli in si ogledali film.

Alfred je nekaj časa spal na svojem običajnem mestu, vendar je sanjal sanje, večinoma nočne more, in se nazadnje odpeljal na vrt in se nadihal svežega zraka. Vsi so bili odvisni od njega in pritisk ga je bremenil, medtem ko se mu je v mislih vrtela vsebina miniaturne knjige.

# POGLAVJE 20

## SPOROČILO IZ FRANCIJE

E-Z SI JE Z drugimi ogledal prvo polovico filma, nato pa se je zaradi občutka nemira odločil, da bo opravil nekaj dela. Vstopil je v svojo sobo in pričakoval, da bo našel trdno spečega Alfreda, vendar ga ni bilo nikjer. Zaskrbljen je odšel do zadnjih vrat in pogledal ven, kjer je zagledal laboda, ki je trdno spal, raztegnjen na travnatem stolu. Zaprl je vrata in se vrnil v svojo sobo, odprl prenosni računalnik in se prijavil v računalnik.

V mislih se je nekajkrat vrnil in se odločil, ali se lahko posveti pisanju romana ali pa naj ta čas raje porabi za raziskovanje njihovih sovražnikov Furij. Odločitev mu je prinesel zvok sporočila, ki se je pojavilo v njegovem nabiralniku. Imelo je rdečo kljukico, ki je označevala nujnost, in čeprav ni vsebovalo priponk, ga ni kliknil. Namesto tega ga je prebral v predogledu. Ali pa ga je poskušal prebrati. Sporočilo je bilo povsem v drugem jeziku. Opazil je nekaj besed, ki jih je prepoznal kot francoske, zato je besedilo kopiral, šel na iskalnik in v spletni prevajalnik prilepil naslednje sporočilo:

Cher E-Z Dickens,

Je m'appelle François Dubois et j'ai sept ans. J'habite à Paris, en France, et j'aimerais faire partie de votre équipe de Superhéros. Vous vous demandez peut-être quelles compétences j'apporterais à l'équipe. C'est une bonne question et je serai heureux d'y répondre. Mais je me demande si ce site est sécurisé.

Si vous souhaitez me parler davantage, vous pouvez m'envoyer un courriel directement. Mon adresse de courriel est jointe. J'ai hâte d'avoir de vos nouvelles.

Votre ami,

Francois

Pritisnil je na gumb pošlji in dobil je naslednji prevod:

Drage E-Z Dickens,

Moje ime je Francois Dubois in star sem sedem let. Živim v Parizu v Franciji in bi rad bil v vaši ekipi superjunakov. Morda se boste vprašali, kakšne sposobnosti bi prinesel ekipi. To je dobro vprašanje in z veseljem bom nanj odgovoril. Vendar me zanima, ali je to spletno mesto varno?

Če se želite z mano pogovoriti podrobneje, mi lahko pišete neposredno po elektronski pošti. Moj e-poštni naslov je priložen. Veselim se, da vas bom slišal.

Vaš prijatelj,

Francois

Začuden je večkrat prebral sporočilo in razmišljal o njegovem času. Spraševal se je, ali je paranoičen, ko misli, da bi ta fant, ki prihaja iz Francije, lahko zarotniško sodeloval s Furijami. Tudi če je bil pretirano previden, je imel do tega pravico, kot vodja svoje ekipe pa je moral poskrbeti, da so bile takšne poizvedbe zakonite. Za preverjanje bo potreboval pomoč strica Sama, za zdaj pa bo razposlal nekaj informacij in videl, kaj se bo vrnilo.

Napisal je hitro sporočilo, ne da bi ga prevedel. Fant bi lahko uporabil iskalnik, enako kot on, in našel prevajalnik ter po večkratnem ponovnem branju pritisnil gumb POŠLJI.

Dragi Francois,

zahvaljujem se vam za vaše sporočilo. Kako ste izvedeli za nas?

E-Z.

Francoisov odgovor se je vrnil tako hitro, da se je E-Z počutil še bolj sumničavega. Tokrat se je glasil v angleščini:

Spoštovani E-Z,

zahvaljujem se vam za hiter odgovor.

Moja učiteljica je videla vašo spletno stran, o vas in vaši ekipi pa smo se učili pri uri aktualnih dogodkov.

Upam, da se bomo kmalu slišali.

Vaš prijatelj,

Francois.

Vsekakor je zvenelo zakonito. Vtipkal je še eno sporočilo, v katerem je Francoisa vprašal, kakšne superherojske moči lahko ponudi svoji ekipi, da bi se lahko o tem pogovoril z njimi. Nekaj trenutkov pozneje mu je Francois poslal naslednje sporočilo:

Dragi E-Z,

Zahvaljujem se vam za priložnost, da vam povem o svojih superherojskih sposobnostih.

Prvič, tako kot ti tudi jaz nisem bil vedno superjunak. To je nekaj, kar nama je skupno. Zato sem menil, da bi bil primeren za vašo ekipo.

Namesto da bi vam pripovedoval, bi vam rad pokazal. Priloženo je zasebno vabilo za ogled našega kanala YouTube - pomagal mi je moj oče. Povezava je na voljo samo vam, vabilo za ogled pa poteče čez štiriindvajset ur.

Veselim se, da se boste oglasili, ko si ga boste ogledali.

Vaš prijatelj,

Francois.

Radoveden in brez oklevanja je E-Z kliknil na povezavo. Prikazalo se je sporočilo, ki ga je prosilo, naj odgovori na vprašanje, na katerega mu ni bilo težko odgovoriti, saj je bilo povezano z bejzbolom.

Ko je vstopil, je kliknil na posnetek, povečal glasnost in takoj se je začel predvajati.

Prva oseba, ki jo je zagledal, je bil otrok, ki se je prek besedila, ki je bilo prevedeno od njega na dnu zaslona, predstavil kot sedemletni Francois Dubois.

Otrok je bil visok, zelo visok. Pravzaprav je stal ob več merilnih palicah. Njegov oče je s povečavo pokazal, da je bil Francois pri sedmih letih visok že

163 centimetrov. Poleg višine je bil Francois videti kot vsak drug sedemletnik, imel je rdečkasto rjave lase, na nosu debela očala s temnimi obrobami, karirasto majico, modre kavbojke in črne tekaške hlače.

„Bonjour E-Z!" Francois se je nasmehnil in razkril, da mu manjkata dva sprednja zoba.

E-Z se je nasmehnil nazaj, nato pa opazoval, kako se Francois in njegov oče pogovarjata o neki zadevi v francoščini brez prevoda. Po gestah rok in obrazni mimiki se je zdelo, da je njuna razprava vroča. Upal je, da Francois ne bo poskušal narediti česa nevarnega.

E-Z je opazoval, kako je Francois nadaljeval pot do najbolj znane znamenitosti Pariza v Franciji - Eifflovega stolpa. Znak zunaj je označeval, da je cena vstopa za osebe, stare od 12 do 24 let, 5 evrov. Francois je zaprl oči in jih nato spet odprl. Počakajte trenutek. Nekaj se je spremenilo, morda je bila to osvetlitev.

Nadaljeval je z opazovanjem, ko se je Francois postavil ob drug napis, na katerem je pisalo:

**Svetovni sejem v Parizu, 15. maj 1889.**

„OUHA!" E-Z je vzkliknil in poskušal razumeti, čemu je bil pravkar priča. Potovanje skozi čas?

Francois je zaprl oči in se vrnil k prvotnemu znaku 12-24 let 5 evrov.

Kamera se je razblinila. Na dnu zaslona so se pojavile besede: „En trenutek, prosim."

S klikom se je kamera spet začela vrteti, toda tokrat je Francois stal ob pariški katedrali Notre-Dame. Od velikega požara leta 2019 so jo obnavljali in na njej so zavzeto delali odri in žerjavi.

Francois je tako kot prej zaprl oči in jih nato znova odprl.

„Nikakor!" E-Z je vzkliknil.

Francois je bil leta 1163, prav na dan, ko so postavili prvi kamen za veliko katedralo Notre Dame.

E-Z je pritisnil pavzo. Ali je to lahko ponaredek? Seveda je lahko. Z današnjo tehnologijo lahko vsakdo ponaredi karkoli. Vendar mu je nekaj v njegovem črevesju govorilo, da je resnična. Vendar je potreboval drugo mnenje. Potreboval je strica Sama.

Ob pogledu na ustavljenega Francoisa na zaslonu je E-Z kliknil gumb Start. Ko se je posnetek končal, je Francois pomahal.

E-Z je kliknil in se vrnil v mapo prejetih sporočil. Pritisnil je odgovor in Francoisu napisal naslednje elektronsko sporočilo:

Dragi Francois,

hvala, ker si mi dovolil videti tvojo supermoč. Pogovoriti se moram z ekipo. Če se odločimo, da te sprejmemo, kako hitro se nam lahko pridružiš?

Vaš prijatelj,

E-Z

Počakal je sekundo in ponovno prebral svoje sporočilo, preden je pritisnil gumb pošlji. Razmišljal je, da bi spremenil besedo ČE v KDAJ. Ker ni bil odločen, je razmislil o Francoisovi supermoči potovanja skozi čas. Ta fant bi bil neverjetna pridobitev za ekipo.

Kljub temu je moral pridobiti drugo mnenje. Preden je še naprej razmišljal o tem. Samu je poslal sporočilo: „Imaš trenutek?"

V njegovem poštnem nabiralniku se je pojavilo novo elektronsko sporočilo z besedami:

POZDRAVLJEN, E-Z,

Če me sprejmeš v ekipo, ali lahko prideš po mene?

Tvoj prijatelj,

Francois.

O tem je moral malo razmisliti.

Odgovoril je:

se ti bo oglasil takoj, ko bo prišel.

Vaš prijatelj,

E-Z.

Sam je vstopil v kuhinjo: „Kaj je, fantek?“

„Žal mi je, da sem te odvrnil od filma.“

„Že tako ali tako sem bil zaspan, zato sem vesel, da sem te raztresel.“

„Prek naše spletne strani sem prejel elektronsko sporočilo od otroka iz Francije, ki je zaprosil, da bi se pridružil naši ekipi. Z očetom sta posnela posnetek, ki sem si ga že ogledal. Ima impresivne spretnosti. Oglejte si ga in mi sporočite, kaj menite.“

Sam je bil ves čas tiho. Ko se je posnetek končal, je prosil, da si ga ogleda še enkrat.

Ko se je končal drugič, je E-Z vprašal: „Kaj misliš?“

„Mislim, da je to, kar vidimo, impresivno. Fant iz Francije, ki potuje skozi čas.“

„V naši ekipi bi res potrebovali takšno supermoč.“

„Točno tako,“ je rekel Sam. „In zato sem glede tega sumničav. Ste si dopisovali z njim?“

E-Z je preletel vse, kar je bilo do zdaj povedano.

„Kako ve, da že vse življenje nimaš supermoči?“ je vprašal.

„Ja, to sem mislil tudi jaz. Ampak mislim, da je to razumna domneva. Je pameten otrok.“

„Res je,“ je rekel Sam. „Lahko kliknem naokoli in pogledam, kaj lahko najdem?“

E-Z je prikimal in Sam je prevzel nadzor nad njegovim prenosnikom. Preveril je naslov IP, ki se je zdel zakonit. Brez težav je izsledil njegovo lokacijo v Parizu.

Poiskal je Francoisovo ime in ugotovil, katero šolo obiskuje. Ugotovil je, da je igral košarko. Ugotovil je, da je spreten pri črkovanju. Zdi se, da se ni zapletal v težave.

Potem je Sam našel smrtno obvestilo za Francoisovo mamo, ki je umrla, ko je bil star pet let. Vzrok smrti ni bil naveden, vendar je bila zahtevana donacija za Pariško fundacijo za boj proti raku dojk.

„Vse se je zdelo zakonito,“ je dejal Sam.

„Toda kako smo lahko prepričani? Nočem tvegati po nepotrebnem.“

„Edini način, da bi se prepričali, je, da bi se z otrokom osebno pogovorili.“ Zamislil se je: „Hm, vprašal je, kdaj lahko prideš po njega. Zdaj, ko pomislim, je to precej nenavaden predlog za otroka, ki potuje skozi čas.“

„Ja, o tem nisem razmišljal.“

„Eno je gotovo, E-Z, če ga bo kdo dobil, bom to jaz. Tu si potreben.“

„Cenim ponudbo, stric Sam, toda tvoje življenje v nevarnosti nikakor ne pride v poštev.“

„Dobro," je rekel Sam. „Ali si kaj slišal od Alfreda?"

Alfred se je na ukaz prikradel v kuhinjo. „KAJ?" je vprašal.

**ZAP**

Prišel je majhen bel puhast maček.

„Bonjour E-Z, je m'appelle Poppet. Francois me pozdravlja."

„Oh boy," je bilo vse, kar je rekel E-Z.

Takoj se je pojavilo Francoisovo elektronsko sporočilo, ki se je glasilo:

„Ali je varno prispela?"

Stric Sam je rekel: „No, to je odgovor na naše vprašanje."

E-Z je vtipkal: „Da, tukaj je."

**ZAP**

Poppet je izginila.

„To je tako kul," je vtipkal Francois. „Ko boste pripravljeni, če me želite v svoji ekipi, bom tudi sam poskusil."

„Zaenkrat se držite," je rekel E-Z.

„Kako je Poppet vedel, kje živimo?" Sam je vprašal.

„Tega ne vem."

# POGLAVJE 21

## ODLOČITEV O FRANCOISU

NASLEDNJI DAN JE E-Z sklical izredni sestanek skupine. Ko so se vsi posedli, je takoj začel z delom.

„Potencialni novi član je zaprosil, da bi se pridružil naši ekipi. Sam in jaz sva proučila njegovo prošnjo in vse je videti zakonito.“

„Tudi jaz sem tega mnenja,“ je rekel Sam.

E-Z je prikimal: „Francois je popotnik skozi čas.“

„Vau!“ Lia je rekla.

„Odlično!“ Lachie je rekel.

Tudi drugi so imeli podobne pripombe, razen Charlesa, ki je vprašal: „Kaj je časovni popotnik?“

„Ti si!" Brandy je rekla.

„To je nekdo, ki potuje iz enega časa v drugega," je rekla Lia.

„Morda si samo oglejte ta posnetek in boste bolje razumeli, vsi bomo bolje razumeli, kaj lahko naredi." Pogledal je Alfreda: „Toda preden se pogovorimo o Francoisu, bi rad predal besedo Alfredu, da nas seznani s tem, kaj je odkril v knjigi. Prepuščam vam, Alfred."

Labod trobentač si je oddahnil, ko so se vse oči obrnile proti njemu.

„Pregledal sem vse, naprej, nazaj, vstran, in bojim se, da mi to ne pomaga kaj dosti. Ker so Furije dobile posebno pooblastilo - in se ga držijo (čeprav se izmikajo pravilom), mislim, da jih Zevs niti ne bi mogel kaznovati za to, kar počnejo."

„Hočeš reči, da je brezupno?" Brandy je vprašala.

„Ne, ne pravim, da je brezupno, ampak preprosto ne vidim izhoda. Razen če ne vedo tega, kar vemo mi."

„Kaj je to?" Brandy je vprašala.

„Erielov načrt. Kako jih je uporabil. Kje je Eriel. Kako je ostal! brez komunikacije."

„Res je, gotovo se sprašujejo, zakaj ne komunicira z njimi," je dejal Lachie.

„In to bi lahko povzročilo nezaupanje," je dodala Brandy.

„Kaj pa," je rekla Sam, ‚če bi jim te informacije ušle?' ‚Tudi sama sem razmišljala o tem,' je rekla Samantha. „Morda bi brez njega obrnili rep in zbežali."

„Morda pa bo šlo v nasprotno smer. Brez njega, ki jih drži na povodcu, bi se lahko. Kdo ve, kaj bi naredili!" E-Z je rekel.

„Zbrali so že veliko duš," je rekla Lia. „Mislim, da ima E-Z prav. Ker vedo, da ga ni več na spregled, bi lahko postali drznejši."

Alfred je opazil, da pogovor trči ob zid: „Torej, pogovorimo se o Francoisovih veščinah supermoči. Je popotnik skozi čas. Kako bi nam lahko pomagal?"

„Še nekaj," je začel E-Z, "in to je opazil stric Sam, zato bi bil morda on najboljša oseba, ki bi to razložila."

„Ne, ti nadaljuj," je rekel Sam.

„Francois je sem poslal mačka."

„Mačka?" Sobo je vprašal.

„Da. Ime ji je bilo Poppet in prišla je v kuhinjo. Francois mi je takoj poslal sporočilo, v katerem me je vprašal, ali je varno prispela. Pozdravila se je - da, znala je govoriti. Po potrditvi, da je varno prispela, se je spet izmuznila. Vprašanje, ki ga je kasneje postavil Sam, je bilo, kako je vedela, kje živimo?"

„Počakajte trenutek," je rekel Charles. „Ali mi ni nekdo rekel, da je vaš naslov objavljen na spletu?"

„Tudi jaz sem slišala," je rekla Brandy.

Sam je rekel: „Vau, zdi se mi, da je bilo to že zdavnaj, ampak je res."

Zbrali so se okoli Sama in videli, da je njuna hiša na spletu povezana s spletno stranjo, da jo lahko vidijo vsi na svetu.

„No, o tem ni dvoma. Če vedo, kdo smo, potem vedo tudi, kje smo," je dejal Sam. „Razen če..."

„Razen če kaj?" E-Z je vprašal.

„Razen če niso tako tehnično podkovani, kot mislimo, da so."

Sobo je rekel: „Nikoli ne podcenjuj sovražnika. Tako nevredni zlobneži postanejo junaki."

„Okej, najprej si oglejmo Francoisovo potovanje skozi čas, potem pa naredimo nekaj možganskih neviht o tem, kako bi nam lahko pomagal premagati Furije," je dejal E-Z.

V tišini so si ogledali posnetek. Ko se je končal, je E-Z rekel: „Napišem seznam. Kdo želi začeti?"

„Ne," je rekel Sam. „Mislim, da ga moramo napisati po starem. Veste, s pisalom in papirjem." Segel je v kuhinjski predal in izvlekel beležko, ki so jo uporabljali za nakupovalne sezname, in pisalo. „Ti boš delal viharjenje možganov, jaz bom tajnica. In sploh mi ni treba plačevati plače."

Nekaj smeha in hihitanja, nato pa so se ideje začele vrstiti:

#1. Francois bi se lahko vrnil v preteklost, ugotovil, kaj se je zgodilo s PJ in Ardenom, in to ustavil.

#2. Francois bi se lahko vrnil v preteklost in preprečil poboj vseh otrok.

#3. Francois bi se lahko vrnil v preteklost in preprečil, da bi ubili E-Z-jeve starše, ter preprečil, da bi se zgodila njegova nesreča.

#4. Enako velja za Lijino nesrečo.

#5. Enako velja za nesrečo Alfredove družine.

#6. Enako: Lachlan je bil zaprt v kletki.

**Intermezzo.**

Haruto je bil zadovoljen s svojo novo družino. Konec zgodbe.

Brandy se je strinjala s tem, da lahko umre in spet oživi, čeprav se je pozanimala, ali je vrnitev na dan avdicije realna možnost. Ta prošnja je bila soglasno zavrnjena.

Tudi Charles ni obžaloval ničesar.

**Nadaljeval se je sestanek možganske nevihte:**

#7. Francois bi se lahko vrnil v čas, preden so bile Furije ustvarjene, da bi zagotovil, da bodo dobile Ahilovo peto.

#8. Francois bi se lahko vrnil v preteklost, na prvi dan, ko se je Eriel srečala s Furijami. Lahko bi bil vohun. Ali pa bi lahko poskrbel, da se sploh ne bi srečale?

#9. Če lahko Poppet vstopa in izstopa, ali bi lahko Francois storil enako?

Alfred je rekel: „Počakajte trenutek. To je popolnoma noro, ampak kaj če bi se Francois vrnil in preklical Furije iz obstoja."

„Vau, to je odlična ideja!" E-Z je rekel. „Toda v vseh zgodbah o potovanju skozi čas, ki sem jih prebral, je igranje z življenji in spreminjanje dogodkov vedno zavrnjeno."

„Ja, tega se spomnim iz filma Nazaj v prihodnost. Toda iz lastnih izkušenj, „ je pojasnila Brandy, "ko umrem in se spet vrnem, je tako, kot da se dogodki, ki so vodili do moje smrti, niso nikoli zgodili. To je kot sanje, če veš, kaj mislim.“

„Sam se je pretegnil in zijal. „Dojenčki se bodo kmalu zbudili. Ne želim prestopiti meja E-Z-jevega vodenja, vendar mislim, da moramo nekaj časa razmišljati, preden začnemo ukrepati.“

„Strinjam se. Hvala vsem za odličen možganski vihar,“ je dejal E-Z.

Srečanje je bilo prekinjeno.

# POGLAVJE 22

## TOPLO MLEKO

LIA IN OSTALI SO se ves dan ukvarjali s svojimi stvarmi. Zvečer se je izčrpana premetavala in obračala, vendar ni mogla zaspati. Razočarana po urah neprespanosti in nenehne skrbi je odšla dol po malo toplega mleka.

Vstavila je vrč v mikrovalovno pečico, pritisnila na 40 sekund in pritisnila start. Ko je ura odštevala, je opazovala številke 39, 38, 37, 36 itd., dokler se ni pojavila številka 33. To je bila zadnja številka, ki jo je videla.

„Pozdravljena, mala Dorrit,“ je rekla in si zaželela, da bi si oblekla haljo. „Kam gremo?“

„Imamo nalogo,“ je rekel enorožec. „Kam greva?“

„Ne veš komu?"

„Ne. Skrbel sem za svoje stvari, ko si me poklicala, Lia, se ne spomniš?"

„Nisem te poklicala," je rekla Lia. „Nisem še spala. To je čudno."

Enorog je zastal v zraku.

**WHOOSH**

Mala Dorrit je s polno hitrostjo vzletela.

„Argghh!" Lia je zavpila in se držala za življenje. „Kaj se dogaja? Zakaj greš tako hitro?"

„Ne vem," je rekel samorog. „Zdi se, kot da bi nekdo ali nekaj prevzelo nadzor nad mano." Poskušala se je ustaviti, kot je to storila le nekaj trenutkov prej. Zdaj se ni mogla ustaviti, ne glede na to, kaj je storila. Prav tako ni mogla upočasniti.

„Drži se trdno!" Mala Dorrit je zakričala, ko se je njeno telo začelo kotaliti naprej z glavo na peto. „O ne!"

Lia je zakričala, vendar se je držala za življenje. Sčasoma sta se nehali kotaliti, a namesto da bi se upočasnili, sta še hitreje pospešili.

Letela sta naprej in naprej, ko se je noč spremenila v dan. Ko se je sonce vzpenjalo po nebu, se je razdalja med njim in njima zmanjševala.

„Zdi se mi, da mi peče koža!" Lia je vzkliknila.

„Tako kot moj kožuh,“ je rekla Mala Dorrit. „Naj naju poskusim še enkrat obrniti.“ Poskusila je in tako kot prej sta se kotalila z glavo na glavo, z glavo na glavo, in tako sta zmanjšala razdaljo med njima in vročim soncem.

„Obrniti se morava nazaj!“ Lia je zakričala. „Če se ne obrnemo, je z nami konec.“

„Ampak zdi se mi, da se ne morem ustaviti. Ničesar ne morem storiti. Počakaj, prosila bom Baby za pomoč.“

V ozadju gorečega sonca so se pojavila tri krilasta bitja. Držala so se za roke, medtem ko so se njihova črna oblačila vrtela in sukala okoli njihovih teles.

**SNAP!**

**SNAP!**

**SNAP!**

je bil zvok, ki je napolnil zrak, zvok prasketanja biča, ki je Lio in malo Dorrit potegnil proti njemu, kot bi bili na vlečnem žaru. Grom je divjal, čeprav ni bilo videti neviht, saj so se sončni kremplji raztegnili proti njima in grozili, da bodo razbili njun obstoj.

„Z nami je konec!“ Lia je rekla. „Hvala, ker ste nas poskušali rešiti.“ Objela je enoroga. „Želim si, da bi imel vajeti. Potem bi te morda lahko obrnila.“

**ZAP!**

Pojavila so se vajeti.

Lia jih je objela z rokami, a preden jih je lahko obvladala, so se raztopila v nič.

„Prav imaš, mislim, da je z nami konec,“ je rekla Mala Dorrit. Iz oči so ji tekle steklene solze.

**BONJOUR**

Pojavil se je Francois: „Ali lahko pomagam?“

„Zagotovo lahko,“ je vzkliknila Lia. „Spravite nas od tu!“

„Zapri oči in se močno drži,“ je rekel Francois.

Lia in Mala Dorrit sta se tresli od strahu.

**DING. DING. DING.**

Mikrovalovna pečica. Kuhinja.

Lia je padla na tla.

Mala Dorrit je varno pristala v hladnem potoku, kjer se je razpršila, nato pa se odpravila domov.

„Kje si bila?“ Dojenček je vprašal.

„Mislim, da nisi dobila mojega sporočila. Ni važno. Preveč sem utrujena,“ je rekla Mala Dorrit. „Zjutraj ti bom o tem povedala.“

# POGLAVJE 23

## NASLEDNJI DAN

**K**O JE BILA SOBO NA vrsti, da pripravi zajtrk, je našla Lio na tleh, zvito kot zavrženo kepo volne.

Sobo je zakričala: „Hitro pridi! Naša Lia potrebuje pomoč!"

Prva je prišla Samantha. Takoj je pritisnila ustnice na Lijino čelo, da bi preverila temperaturo, nato pa zakričala, naj mož prinese termometer, da jo še enkrat preveri.

„Njena temperatura je 107,7," je potrdila Sam. „Odpeljati jo moramo v bolnišnico."

Samantha je pritisnila na številko 911, medtem ko je Sam dvignil Lio, jo odnesel in položil na kavč ter počakal na reševalno vozilo.

„Jaz bom držal štango," je dejal Sam, medtem ko sta žena in Sobo sledila reševalcem, ki so nezavestno Lio nosili na nosilih.

Ko se je reševalno vozilo s prižgano sireno odmaknilo od robnika, je Lia odprla oči in se skušala usesti.

„Počutim se dobro," je rekla.

Reševalec je ponovno preveril njeno temperaturo, ki je bila normalna. Stisnil je rame.

Ko so prispeli v bolnišnico, je bila Lia spet v svoji stari formi in želela se je vrniti domov - takoj.

„Čeprav so njene življenjske funkcije zdaj v redu, ker ste nas poklicali, moramo ukrepati. Lia bo sprejeta, in ko bo dežurni zdravnik dal soglasje, bo lahko odšla domov."

„No, pustite me vsaj vstopiti," je dejal udeleženec, ko je voznik odprl vrata.

„Ne, gospa, vi ostanite na mestu," je rekel, ko so se pripravljali, da bodo nosila in njihovo uporabnico vnesli v notranjost, Samantha in Sobo pa sta jim sledila.

Samantha je Samu poslala posodobljeno sporočilo. Odgovoril ji je z emojijem dvignjenega palca, ravno ko je praktično naletela na PJ-jeve in Ardenove starše, ki so bili na poti ven.

„Zbudila sta se! Najina fanta sta budna!"

„Oba?" Samantha je vzkliknila, ko je to najnovejšo informacijo sporočila Samu, ki je zbudil nečaka, da bi mu povedal dobro novico.

„Takoj pridem!" E-Z je poklical taksi.

# POGLAVJE 24

## BOLNIŠNICA

E-Z JE BIL NA poti k svojima najboljšima prijateljema. V taksiju je v mislih vedno znova ponavljal dobro novico. Toliko se je zgodilo. Toliko sta zamudila. Toliko stvari jima je moral povedati. Želel jima je povedati.

„Ali veste, v kateri sobi?" je vprašala medicinska sestra.

Rekel ji je, da ne, in hitro mu jo je poiskala. Ko se ji je zahvalil, je stopil v dvigalo in se odpravil do njune sobe ter se spraševal, ali naj jima kaj kupi. Rože? Sladkarije. Odločil se je, da ju vpraša, ali kaj potrebujeta.

Ko je prišel tik pred njuna vrata, je v notranjosti slišal njune glasove, zato je nekaj trenutkov opazoval njuno prisotnost, preden se je oglasil. Nato je globoko vdihnil in poskušal zadržati čustva, da ga ne bi premagala - ni se hotel razburiti in spraviti v zadrego ...

„Pridi noter, velik mehkužec!" PJ je rekel.

„Ahhhhhh, pogrešal naju je!" Arden je rekel.

„Ali ne bi morali biti po vsem tem lepotnem spancu bolj videti? Mimogrede, oba se morata obrijeti!"

„Nočemo vas zasenčiti, jaz pa imam rad občutek, da mi je všeč moja brada," je rekel Arden.

„Vemo, da obožuješ pozornost! Vidim, da bi tudi tvoja ščetka za steklenico potrebovala obrezovanje!"

PJ-jeva mama, ki se je pravkar vrnila v sobo, je E-Z-ju zašepetala, da ne želijo, da bi fanta pretiravala, saj sta budna šele nekaj ur.

Po kratkem pogovoru je E-Z objel oba prijatelja in rekel, da mora iti. „Vrnil se bom," je obljubil, "in prikradel bom hamburger ali dva - slišal sem, da je bolnišnična hrana res zelo slaba."

„Ne boš!" Ardenova mati je rekla, ko se je prav tako vrnila v sobo.

Odrinil je stol, Ardenova mati je bila obrnjena proti njemu, njegova dva prijatelja pa sta sklenila roke in ga prosila, naj jima prinese hrano.

Ko se je odpravljal po hodniku, ni mogel verjeti, kako zelo ju je pogrešal - in kako dobro sta bila videti. Z dvigalom se je spustil v zasilno službo, kjer je našel Samantho in Sobo.

„Kaj novega?" E-Z je vprašal.

„Bila je v redu, besna, da so jo prisilili, da ostane, da jo pregledajo," je dejala Samantha. „Ampak bolje se bom počutila, ko bo dobila dovoljenje in bomo lahko odšli od tu."

„Tudi jaz," je rekel E-Z. „Dovolite mi, da grem pogledat." Potisnil se je po hodniku. Poslušal je glasove v zaprtem prostoru, za katerega je menil, da je postaja pred sprejemom. Nazadnje je v notranjosti zaslišal Lijin glas in vstopil.

„Počakajte zunaj," je rekla medicinska sestra.

„Ampak ona je moja sestra."

„Hočem domov - zdaj!" je zahtevala, nato pa prekrižala roke na prsih.

„Odpustili vas bodo takoj, ko bo zdravnik rekel, da vas lahko odpustijo. In niti za trenutek prej."

„Kako se počutiš? Mama je zaskrbljena zate."

„Pustila vaju bom sama, da se pogovorita," je rekla medicinska sestra. „Zdravnik bo kmalu prišel. In poskrbite, da bo ostala mirna."

„Hvala," je rekel E-Z.

Ko je odšla, sta se objela.

„Mala Dorrit in jaz sva skoraj zgoreli od sonca!" je rekla. E-Z-u je povedala vse, kar se je zgodilo, od začetka do konca.

„Zanimivo, da te je rešil Francois."

„Ne vem, kako je vedel. Mala Dorrit in jaz sva mislili, da sva že zdavnaj umrli. Vsekakor so bile to Furije. Hoteli so naju sežgati! Bili smo opečeni. To so strašne, zlobne čarovnice!"

„Ali so bile kače?" E-Z je vprašal

„Kače in biči."

„Zveni kot Furije." E-Z je okleval. Spremenil je temo. „Si slišal za PJ in Ardena?"

Zavrtela je z glavo.

„Prebudila sta se!"

„Nikakor! To je čudno naključje, se ti ne zdi? Poskušata odstraniti Malo Dorrit in mene, medtem pa se zbudita dva prijatelja v komi."

„Imaš prav, mislim, da je vse skupaj povezano."

Samantha je odgrnila zaveso: „Kaj je povezano?" Objela je svojo hčerko. „Kako se počutiš, otročiček?"

„Nisem otrok," je rekla Lia. „Ampak počutim se bolje in želim iti domov. Ko bom obiskala PJ in Ardena."

Vstopil je Sobo. Objela je Lio.

„Kaj se ti je zgodilo?" je vprašala.

Lia je spet vse razložila. Njena mati tega ni sprejela tako dobro kot Sobo. E-Z je pohitel k Samu in mu natočil kozarec vode. Medtem ko je imel Sobo veliko vprašanj. „Si segrevala mleko v mikrovalovni pečici?"

Lia je prikimala.

„In takrat te je izstrelilo iz kuhinje?"

„Da, in to naravnost na hrbet Male Dorrit. Mala Dorrit je rekla, da sem jo priklicala, vendar je nisem."

„In kaj se je zgodilo potem?" Sobo je vprašal.

„No, Little Dorrit je letela in sva se pogovarjala, in ko nobeden od naju ni vedel, kam greva in zakaj, sva razmišljala, da bi se obrnila nazaj. Naslednje, kar sva vedela, je bilo to, da sva bila z Little Dorrit prisiljena biti vse bližje in bližje soncu, ne da bi imela moč, da bi se obrnila."

„Toda ti in Mala Dorrit ne izpolnjujeta meril Furij. Ne bi se smele dotakniti nobenega od vaju!" E-Z je vzkliknil.

Samantha je rekla: „Morda je to le naključje.

Sobo je ponovila svoj nasvet od prej: „Nikoli ne podcenjuj sovražnika."

Ko je Lia dobila dovoljenje za odhod domov, sta z E-Z presenetila PJ in Ardena s cheeseburgerji in krompirčkom, ki sta jih pretihotapila.

Na poti domov s Samantho, Sobo in Lio v taksiju je E-Z razmišljal samo o eni stvari. Furije so napadle Lio in malo Dorrit, a jim ni uspelo. Ne le da jim ni uspelo - zahvaljujoč Francoisu -, ampak je vesolje nekako, nekako poslalo nazaj PJ in Ardena.

Naključje? Mislil je, da ne. Namesto tega je želel verjeti, da se moč Furij zmanjša, če se odpravijo izven svojih pooblastil.

V vsakem primeru sta morala biti on in njegova ekipa v vsakem trenutku pripravljena, da izkoristita situacijo.

To je bila morda njihova edina priložnost.

Edina prednost v njihov prid.

# POGLAVJE 25

## SOBO

**Moram** POSTAVITI ŠE ENO vprašanje," je Sam vprašal E-Z, preden so vsi prišli na sestanek.

„Dobro, sprašuj," je rekel E-Z.

„Zanimalo me je, zakaj Rosalie ni vedela za Francoisa."

„Jaz," je bil E-Z edini, ki mu je uspelo, preden sta v kuhinjo prišli Brandy in Lia.

„Naj naju ne moti," je dejala Brandy, ko je odprla hladilnik, iz njega vzela pomarančni sok in ga spila, preden je posodo vrgla v koš za smeti.

„Uh, to bi morala najprej splakniti," je rekel E-Z, kar je Brandy tudi storila. Nato se je usedla na stol in si s hrbtno stranjo roke obrisala usta.

„Oprosti, nisem hotela biti nesramna, saj veš, da sem se ustavila tako nenadoma, kot sem se. Želela sem, da bi bili vsi tukaj in da bi se pogovorili o pomislekih strica Sama.“

„V redu,“ je rekla Lia in se usedla poleg Brandy.

Drug za drugim so prišli ostali in se namestili za mizo.

E-Z je začel z novicami o čudežni ozdravitvi PJ in Ardena, čemur je sledil bučen aplavz vseh, tudi tistih, ki ju še niso poznali.

„Naslednja točka dnevnega reda, za katero menim, da sta lahko povezani, je ta, da sta Lia in mala Dorrit s prevaro zapustili hišo, zaradi česar sta bili njuni življenji v nevarnosti. Če ne bi bilo Francoisa, bi Furiji, za katero menimo, da je za to odgovorna, morda uspelo.“

„Bravo, Francois!“ Charles je dejal.

„Kako ste bili prevarani?“ Brandy je vprašala.

„Kje se je to zgodilo?“ Lachie je vprašal.

„Lia, hočeš povedati?“ E-Z je vprašal. Zavrtela je z glavo, ne. „Vskoči, če bom kaj zamudil,“ je rekel. Nadaljeval je in razložil, kaj se je zgodilo in zakaj menijo, da so za to odgovorne Furije.

„Od takrat razmišljam o Furijah in njihovem mandatu. Kot vemo, ga morajo upoštevati. Ko so poskušale ubiti Lio in Malo Dorrit, so prekršile pravila. Kakšen razlog so lahko navedle, da so poskušale ubiti Lio ali Malo Dorrit? Ne le, da so ravnali v nasprotju s svojim mandatom, ampak jim je tudi spodletelo. Zdaj pa razmislite, kaj se je zgodilo ob istem času - mislim seveda na PJ in Ardena -, ko sta prišla iz kome. Naključje? Mislim, da ne.

„In bolj ko jih v mislih povezujem, bolj se sprašujem, ali morda Furije slabijo. Če imam prav, potem je zdaj morda pravi čas, da jih uničimo.“

„To je mogoče,“ je rekel Alfred, “vendar se spomnim, da sem v šolskih časih bral o Einsteinu - kar bi lahko dokazovalo nasprotno. Mislim, morda to sploh niso bile Furije. Morda je šlo za motnjo v prostorsko-časovnem kontinuumu. Ker jih je Francois lahko rešil in ker nihče od nas ni vedel, da se to dogaja, se zdi, da je to možnost, ki jo je vredno raziskati, se ti ne zdi?“

Sam je hodil. „Glede na vse, kar vemo o Furijah, in glede na to, kar se spomnim iz svojega študija o Einsteinu - da bi imela Lia in Mala Dorrit sploh možnost upogniti prostorsko-časovni kontinuum, bi morala potovati hitreje od svetlobe - 186.282 milj na sekundo. Če bi se gibala tako hitro, bi se v času premikala nazaj in ne naprej.“

„Potovala sva hitro, vendar ne tako hitro,“ je dejala Lia.

„Še enkrat nam povejte, kaj se je zgodilo, Lia. Kader za kadrom. Vse do trenutka, ko se je pojavil Francois,“ je rekel Alfred.

Lijina zgodba se je začela v kuhinji in končala v bolnišnici.

Z dvigom rok so vsi glasovali, da so za to odgovorne Furije, vendar nihče ni znal pojasniti, zakaj je Francois vedel ali kako so ga poklicali.

„Ste ga poklicali?“ E-Z je vprašal. „Mislim, kako je vedel? To ga nameravam vprašati.“

„Kar me pripelje nazaj na začetek,“ je rekel Sam. „In moje vprašanje je, zakaj Rosalie ni vedela za Francoisa.“

„In kako je z Little Dorrit?“ Sobo je vprašal.

„Ne vem, kako je s Francoisom, ampak enorožec je spal, ko sem zjutraj skočil po travo.“

„Ah, to je dobro,“ je rekla Lia.

„Morda imajo zdravniki razlago, zakaj sta se PJ in Arden zbudila takrat, ko sta se?“ Sam je vprašal.

„To je res, morda, vendar ne vem, kako pomembno je to za nas. Ne zares. Glavno je, da sta se zbudila, mi pa še vedno ne vemo, ali so za njiju odgovorne Furije. Imamo pa dokaze, kaj so počele drugim otrokom, in tako ali drugače jih moramo prisiliti, da plačajo. In prisiliti jih moramo, da prenehajo.“

„Morda imajo zdravniki razlago, zakaj sta se PJ in Arden zbudila, ko sta se zbudila?“ Sam je vprašal.

„To je res, morda, vendar ne vem, kakšen pomen ima to za nas. Ne zares. Glavno je, da sta se zbudila, mi pa še vedno ne vemo, ali so za njiju odgovorne Furije. Imamo pa dokaze, kaj so počele drugim otrokom, in tako ali drugače jih moramo prisiliti, da plačajo. In prisiliti jih moramo, da prenehajo.“

„Tukaj! Tukaj!“ Charles je udaril z roko po mizi.

„Ali se lahko še malo pogovorimo o Francoisu,“ je vprašala Brandy.

„Kaj pa če nam ne bo hotel ničesar povedati,“ je vprašal Charles, “če ga ne sprejmemo za člana ekipe?“

„Charles ima tehtno pripombo,“ je dejal E-Z. „To sem pripravljen uporabiti kot preizkus s Francoisom. Če nam ne bo povedal, kaj ve, potem morda ni namenjen temu, da bi bil eden od nas.“

„Kaj pa, če je res dober lažnivec?" Brandy je vprašala. „In nekateri ljudje so odlični lažnivci."

Lia je dejala: „Zakaj ne bi opravili klica v bližino? Vsi lahko poklepetamo z njim, vidimo, kakšen je, potem pa lahko o njem glasujemo? Jaz sem že pripravljena glasovati za."

„Ne," je rekel E-Z. „Ne želim, da bi vedel za Charlesa, Haruta, Lachie ali Brandy. Vse, kar zdaj ve, je tisto, kar lahko najde na spletu."

„In vendar," je vmešal Sam, "je Poppet lahko vdrla v našo hišo."

„Ja, to je to," je rekel E-Z.

„Poleg tega je rešil Malo Dorrit in mene - torej ve o njej."

„„Zdi se mi, da se vrtimo v krogu," je rekel Alfred. „Medtem pa umira še več otrok, ki gredo v Lovilce duš, ki pripadajo drugim, ki so umrli," je dejal Alfred. „Tako zelo sem upal, da bomo prišli dlje, potem ko sem dešifriral informacije v knjigi."

„Počakajte trenutek," je rekel E-Z. „Je kdo danes videl Hadza in Reiki?"

Nihče ni videl.

E-Z-ov telefon je zazvonil. Prišlo je dolgo besedilno sporočilo od PJ in Ardena:

„Ne sprašuj naju, kako, ampak vesta, da se k tebi bližajo Furije. In da, imava načrt. Vedeti moramo, takoj ko jih zagledate. Pošljite nam sporočilo - in Haruto.“

E-Z je odgovoril. „Kaj????“

„Zaupajte nam,“ je napisal PJ.

Oba sta si izmenjala emojije z dvignjenim palcem, nato pa je Harutu in drugim razložil situacijo.

Ob spoznanju, da so Furije pripravljene začeti boj zdaj, na sovražnikovem ozemlju in brez svojega vodje Eriela, je E-Z začutil tesnobo. Vendar so zaradi PJ in Ardena izgubili element presenečenja.

Še vedno sedeti in čakati, da prideta, ni bila najboljša strategija.

Toda zdaj so bili v prednosti. Vse, kar so morali storiti, je bilo sedeti in čakati - in upati.

# POGLAVJE 26

## NEPRIČAKOVANI OBISKOVALCI

V si **SO** se ukvarjali s svojimi opravki in se med čakanjem poskušali zaposliti. Nato je skozi opečne zidove prodrl neizogiben smrad.

„Kaj je to?" Lia je zavpila in si s prsti zaprla nos. „Še vedno ga čutim!"

Brandy je enako počela z desnico, z levico pa je po sobi razpršila osvežilnik zraka, ki je, namesto da bi zmanjšal moč smradu, zrak zgostil in ga še okrepil.

„Pojdimo ven!" Lachie je rekel. „Morda je tam zunaj bolje?" Odprl je vrata, čeprav mu je logika govorila, da če je smrad v notranjosti slab, mora biti zunaj še slabši. Sprva so se njegova čutila zavedla in ni zaznal nobenega vonja. Se je na to navadil? Ali so Furije smrdeče bombardirale notranjost hiše?

Potem je zagledal Dorrit in Baby, ki sta krožila nad njim. „Tu zgoraj ni nič bolje!" Dojenček je rekel.

„Ne glede na to, kako gremo!" Mala Dorrit je dodala.

Potem ga je spet zadelo, smrad je bil kot udarec v obraz in za trenutek je izgubil ravnotežje. Opazil je vrv za perilo in žebljičke ter stekel proti njim. Eno si je stisnil na nos in voila, ničesar ni več čutil. Pomahal je Dorritki in Dojenčku, naj se spustita, in ko sta se spustila, jima je pritrdil še nekaj potrebnih žebljičkov (njuna nosova sta jih potrebovala več), dokler tudi ona nista več čutila smrdljivega vonja.

„Hvala," sta rekla Mala Dorrit in Dojenček, ko sta se dvignila s tal. „Bova pazila."

Lachie jima je dvignil palec, nato pa je opazil, da se po stezici proti ograji dogaja nekaj hrupa, ki je bil nazaj na vrtu. Skupina bitij je oblikovala krog, kot da bi imela sestanek. Pristopil je k njemu, ko se je z veje dvignila sova in mu pristala na rami.

„Uh, pozdravljeni," je rekel in sovi pogledal v oči. „Ali sva se že srečala?" Sova je prikimala in takrat je spoznal, kdo je to. To je bil Sobo. „Ko si rekel, da je tvoja supermoč preobrazba, nisem pomislil na tebe tako!"

„Haruto ne ve," je rekla. „Vsaj mislim, da se me še ne spomni." Poletela je nazaj k skupini bitij. „Pridruži se nam," je rekla.

Lachie se je sprehodil med njimi in se drug za drugim predstavil jelenu z imenom Oboe, rakunu z imenom Charlie, lisici z imenom Louise, ptiču (modri soji) z imenom Lenny in drugi ptici (kardinalu) z imenom Percy.

„Prišli smo, da bi pomagali," je rekel jelen Oboe, "vendar se zelo bojimo Furij."

„Pustite me na njih!" je vzkliknil ježevec Charlie. „Izpraskal jim bom oči."

„In iztrgal jim bom grlo!" je zakričala lisica Louse.

„Uau! Počakaj!" Lachie je rekel. „To ni tvoj boj. Čeprav cenim tvojo pomoč, zakaj ne bi najprej poskusil z nami? Če bomo potrebovali tvojo pomoč, bom zapiskal in takrat lahko vstopiš?"

„Ima prav," je rekel Sobo. „Čeprav ne misli name." Pogledala je Lachieja, da bi se prepričala, da so njene domneve pravilne, in odgovorila s prikimavanjem. „Moram zaščititi svojega vnuka in druge."

Lenny in Percy, preostala dva ptiča, sta se med seboj pohecala.

Sobo, ki je bil prej miren, je zdaj začel zelo nenavadno plapolati in ponavljati: „Prihajajo slabe stvari! Prihajajo grozne stvari! Grozne stvari prihajajo!"

„Ššš, Sobo," je rekel Lachie in jo skušal pomiriti. „Pripravljeni smo in ne vedo, da vemo, da prihajajo."

**UDARCA UDARCA UDARCA UDARCA**

**UDARCA UDARCA UDARCA UDARCA UDARCA**

**UDARCA UDARCA UDARCA UDARCA UDARCA**

je bil zvok, ki so ga proizvajala tla pod njihovimi nogami, pulzirajoča kot srce, ki se poskuša prebiti iz prsnega koša.

Trobljenju je sledilo bobnanje.

Nato je sledilo bobnenje.

**"Furije prihajajo!**

**Furije prihajajo!**

**Furije prihajajo!"**

Medtem ko se je nebo nad njimi vrtinčilo

in se obračalo.

In gorelo.

Od bleščeče modre do krvavo oranžno rdeče.

Sosedje so počepnili zunaj, tako kot to počnejo sosedje, da bi videli, za kaj gre pri tem smrdljivem vonju. Nekateri hrupni parkerji so omedleli, ko so jih preplavila čutila, nekateri pa so na verando prinesli popcorn, da bi ga jedli in gledali.

Niso vedeli, kakšna nevarnost jim preti.

Pa vendar so obstajali namigi.

Šepetanje.

Šepetanje, ki je bilo slišati.

Kljub temu se mnogi niso umaknili v varno zavetje svojih domov.

Namesto tega so jedli popcorn in pili gazirane pijače ter ves čas čakali.

**DRAŽENJE**

Brez **UVOZNITVE.**

Medtem ko so jim tla pod nogami

**UDARCA UDARCA UDARCA UDARCA UDARCA UDARCA UDARCA UDARCA UDARCA UDARCA UDARCA UDARCA UDARCA UDARCA UDARCA**

Nato je udarcem sledilo bobnanje.

Nato bobnenje.

**"Furije    prihajajo! Furije    prihajajo! Furije prihajajo!"**

POJDIMO VEN!“ E-Z JE vzkliknil. „In se jim soočimo z glavo!“ Na široko je odprl vhodna vrata, tako da so trčila ob steno.

Brandy, Lia, Haruto, Charles in Alfred so bili za njim, pripravljeni na akcijo, takoj ko jim bo ukazana.

Pogledal je čez ramo, da bi videl Sam in Samantho na poti ven. „Ti ne,“ je rekel. „Dojenčki vas potrebujejo znotraj. Pustite to nama.“

Sam in Samantha sta se umaknili.

Štirje vojaki so zdaj drug ob drugem čakali na travniku pred hišo. Za tujca bi bili videti kot skupina otrok, ki na običajen šolski dan čaka na prihod šolskega avtobusa. Toda to ni bil običajen dan. To je bil Armagedon.

Lijine roke so se tresle in drgetale, medtem ko je iskala po svojem umu, se odprla v svoj um in upala, da bo razvozlala, da ji bodo njene supermoči omogočile dostop do umov Furij. Da se bo lahko vživela vanj in našla kakršne koli namige, kakršne koli informacije, ki bi pomagale njeni ekipi - a njen um je ostal prazen.

Alfred je rekel: „Poletel bom na streho. Videl bom, kaj lahko vidim.“

E-Z je prikimal. „Bodi na varnem. In poglej, ali lahko najdeš Lachieja in Sobo.“ Že je opazil, da visoko nad njimi letita enorožec in zmaj. Pokazal jima je dvignjen palec.

Glasno sta zapiskala in Sobo se je spustil, Lachie mu je skočil na hrbet in skupaj sta se pridružila Alfredu na strehi. Poleg njiju je pristala sova.

„To je Sobo,“ je rekel Lachie.

„Vidiš kaj?“ E-Z je vprašal.

Alfred je zamahnil s krili: „Proti nam se približuje ogromna polica v velikosti ledene gore, ki pa se hitro premika.“

E-Z si jo je skušal predstavljati v mislih, vendar mu ni uspelo, saj kako naj bi, za vraga, on in njegova ekipa zaustavili kaj takega? Kako?

„Proti nam se premika kot cunami,“ je rekel Alfred.

„Ampak ni iz vode,“ je rekel Lachie. „Videti je bilo, kot da je narejen iz peska. Peščeni val. Nosi tri ženske, oblečene v črno.“

Peščeni val, da, zdaj si ga je znal predstavljati. „ETA? Mislim, predvideni čas prihoda?" E-Z je vprašal.

„Težko rečem," je rekel Alfred. „Minute..."

Pod njihovimi nogami so še naprej **bobnala** tla.

In **bobnenje.**

**"Furije prihajajo! Furije prihajajo! Furije prihajajo!"**

**✳ ✳ ✳**

Pojdi noter!" E-Z je kričal na radovedne sosede. „Zaprite vrata in jih zaklenite. In nekdo naj objavi obvestilo na družbenih omrežjih. Sporočite vsem, naj ostanejo v hiši. Povejte jim, naj ne pridejo ven, dokler ne dobijo mojega dovoljenja! Zdaj pa pojdite!"

**SLAM.**

**SLAM.**

Čez njegovo ramo so Alfred, sova, Lachie in Baby gledali ven in opazovali, kako valovnica zmanjšuje razdaljo med Furijami in njegovo ekipo, medtem ko je Mala Dorrit budno spremljala dogajanje z višine.

Za načrt je bilo prepozno. Prepozno, da bi storili karkoli drugega kot upali, da so pripravljeni, saj jih je veter bičal in potiskal naokoli, zemlja pa je udarjala v sinhroniziranem ritmu z njihovimi srčnimi utripi.

**HRUP.**

Za njim so se vhodna vrata odtrgala in odletela s tečajev. Odskakovala so in drsela po ulici, preden so se končno ustavila na tleh.

Sam je stopil ven. E-Z je obrnil stol proti njemu in ni verjel svojim očem.

Sam si je sestavil kostum ali več kostumov in tako ustvaril svoj lastni lik superjunaka. Na glavi je imel viteško čelado z obrnjeno masko. Ko se je premaknil naprej, se je spustila in jo je moral spet pritisniti na svoje mesto. Na oči si je nanesel črnino - kot jo nosijo igralci bejzbola, da bi odpravil bleščanje pod očmi. Njegove prsi so bile napihnjene, kot da bi pod srajco nosil neprebojni jopič, za njim pa se je vlekla dolga črna pelerina. Na spodnjem delu telesa je nosil črne kavbojke in svoje najljubše tekaške copate.

Ekipa superjunakov se je trudila, da se ne bi smejala, ko je stopal mimo njih, in opazila, da ima na tkanini čez ramena všito ime superjunaka - SAM THE MAN.

Mala Dorrit se je spustila in Brandy vrgla na hrbet. Nato je Lachie skočil na Babyin hrbet in odletel. Pogledal je na streho. Male Dorrit ni bilo več tam. Alfred in sova sta se dvignila s strehe. Vsi so pristali poleg E-Z in drugih.

„Vsi za enega!" so rekli. „In eden za vse!"

„Kje pa je moj Sobo?" Haruto je vprašal.

Sobo mu je priletela na ramo in takoj je vedel, da je to ona. Nato se je spremenila v svojo človeško podobo.

Ekipa otrok je videla, kako se je stric Sam spremenil v Sama Človeka, Sobo pa se je iz sove spremenila v babico, vendar to nobenega od njih ni zmotilo.

Kajti pod njihovimi nogami je zemlja še naprej drdrala.

In **brenčala.**

Toda besede so se spremenile.

**"Furije so že skoraj tu.**

**Furije so skoraj tu.**

**Furije so že skoraj tu."**

E-Z IN NJEGOVA EKIPA so opazovali, kako je v pristanišče priplaval velikanski peščeni val, podoben oceanskemu parniku, ki prihaja v pristanišče. Toda ta stvar je drvela po ulicah in na svoji poti rušila hiše, drevesa in vse živo. In ni upočasnjeval.

Ni bilo dovolj časa, da bi odleteli, poleg tega jih je osupnila njena velikost. Ko se je ustavila, so nad njimi zavladale Furije, katerih glasovi so vreščali od smeha, ko so prvič uprle oči v svoje sovražnike.

„Ali so sploh resnični?" Tisi je vprašal. „Videti so kot miniaturne lutke, ki čakajo, da se jih stopi."

„Vidim, da imajo zmaja in samoroga. In laboda. O moj!" Ali je zavpil.

„Ne pozabite, zakaj smo tukaj," je rekla Meg. „Zdaj pa se lepo obnašajte, jaz pa grem dol in se pogovorim z vodjo. Kako mu je bilo ime?"

„E-Zed," je zavpil Tisi.

„E-Zed,“ je vzkliknil Ali.

Skupaj sta rekla ime E-ZED, E-ZED, E-ZED.“

„Kličejo te E-Z,“ je dejala Brandy, ko je odkorakala.

„Ne!“ E-Z je zavpil. „Počakaj na moj ukaz!“ Toda bilo je prepozno, Mala Dorrit in Brandy sta že leteli, vendar nista šli daleč, saj sta našli prostor na strehi.

E-Z in preostali člani ekipe so se držali na tleh.

„Na kaj čakata?“ Sam je vprašal.

Charles je rekel: „Upajo, da bo njihov smrad opravil delo namesto njih. Nasmehnil se je in vsi so se nasmejali. Vsi razen Sobo, ki se je preobrazila nazaj v sovo in poletela na streho skupaj z Brandy in Little Dorrit.

Furije, ki so imele odličen sluh in ki so imele načrt ter mu nameravale slediti, niso bile navdušene nad tem, da so postale tarča šal superjunakov, in so se ena za drugo dvignile v zrak. Ko so se približevale, se je smrad še povečal, saj so njihova črna oblačila plapolala v vetru.

„Ujemi!“ Lachie je zaklical in vsakemu članu ekipe vrgel žebljičke za oblačila.

Čarovnice, ki zdaj niso več tako smrdele, so priletele bližje, tako da so si jih otroci spodaj lahko podrobneje ogledali. V živo so bile večje od življenja, dobesedno, zaradi kač, ki so se polzele in drsele po vseh njihovih telesih. Kače, ki so pljuvale z viličastim jezikom, je spremljal zvok prasketanja bičev, kar je bil izjemen prikaz psihološke vojne.

V skladu s prvotnim načrtom je led prebila Meg, ki je zavpila: „Kje je Eriel? Vemo, da ga imate! Dajte nam ga, ZDAJ!"

Otroci so si zaradi njenega visokega glasu zakrili ušesa, saj so se na kilometre daleč razbili stekleni predmeti, kot so ulične svetilke, verande, okna in celo steklo v omarah.

Ko se je prepričal, da Meg ne govori več (saj je imela zaprta usta), je E-Z odgovoril: „Tam hranijo izdajalce. Zdaj se lahko odplazite nazaj v luknjo, iz katere ste se trije splazili!" In ko je končal govoriti, se je njegov dvignil s tal, za njim pa so se na krovu znašli Alfred, Sobo, Little Dorrit z Brandy Baby z Lachiejem.

„To je naše ozemlje. To so naši ljudje - in tu nimate kaj početi. Pravzaprav sploh nimate kaj početi tukaj na Zemlji. Nikoli niste imeli. Ne spadate sem," je dejal E-Z. „In naveličani smo vaše manipulacije. Pretiravali ste s svojimi potezami. Zlorabili ste svojo moč. Si podel. In prisilili te bomo, da boš za to odgovarjal."

„Kaj nam bo naredil majhen deček, kot si ti?" Tisi, ki se je preselil poleg Meg, je zakričal: „Preteči nas?"

Zrak je napolnil njen smeh, zaradi katerega so se tla pod nogami preostalih članov ekipe razdelila v razpoke. Lia, Haruto, Charles in Sam so se zaradi varnosti stisnili med vrzeli.

Meg se je pridružila zabavnemu klicanju imen: „Morda nas bo labod do smrti otipaval? Seveda ga lahko oskubimo - in pojemo za kosilo!"

Člani ekipe, ki niso leteli, so se še tesneje stisnili drug k drugemu. Haruto, ki bi se lahko odvrnil, je bil preveč prestrašen, da bi se premaknil. Držal se je stran od odprtih vrzeli v zemlji, ki so grozile, da jih bodo pogoltnile.

„In ti, deklica," je Alli rekla Lii. „Poskušali smo te stopiti na soncu. Takrat si pobegnila. Toda kaj nam boš naredila zdaj? Ali boš strmela v nas s svojimi rokami in nas spremenila v kipe?"

Furije so spet zavreščale od smeha, medtem ko se je zemlja pod njimi skrčila, kot da bi hotela nekaj roditi.

„Zdaj mi je dolgčas," je rekla Meg.

Drugi dve sestri sta bili nenavadno tiho, kot da ne bi vedeli, kakšen naj bo njun naslednji korak.

„Ne, ne, ne." Meg je priletela malo bližje k E-Z in z rokami na bokih rekla: "Tukaj izgubljamo čas! Danes se nismo prišle boriti z vami. Ne brez našega vodje. Vse, kar želimo vedeti, je, kje je? Pustite ga. Pustite ga - zdaj. In bitko bomo prihranili za drug dan."

„To bi radi, kajne?" Alfred je zakričal.

Kar je Alli spravilo v preplah.

„Pridi k meni, mali švanjarček švanjarček. Kotel te čaka - ti pernati čudak!"

„On je labod in ne gos, idiot!" Brandy je rekla, ko je Dorrita usmerjala proti sebi.

E-Z vesel, da je odvrnil pozornost, je prejel sporočilo od PJ in Ardena ter dal Harutu znak s palcem navzgor.

Haruto se je zavrtel v nevidnost in hitreje kot hitro stekel do bolnišnice, kjer se je srečal s PJ-em in Ardenom, ki sta že čakala znotraj igre. Zdaj sta vsak zase opravila ubijanje. Ko je Haruto prispel, sta opravila še dva uboja.

Furije so zaradi pohlepa po več otroških dušah v igro poslale svoje esence.

„Imamo vas!" so zaklicale tri boginje.

„Zdaj!" PJ je zakričal, ko je Arden pritisnil SAVE na USB, in ko je bil shranjen, je pritisnil EJECT. USB je zaprl z lepilnim trakom in ga dal v nepredušno vrečko.

„Odnesi to na E-Z!" Arden je rekel.

Haruto je prišel na tla, dal znak svoji babici, ki je v kljun zgrabila USB in ga odnesla k E-Z.

PJ je poslal sporočilo. „Esence Furij so v USB-ju."

E-Z je USB varno spravil v žep svojih kavbojk in ko je naslednjič pogledal Furije, se je pogled v Rafaelovih očalih spremenil. Telesa treh sester so izginjala in izginjala, kače pa ne. Takrat je spoznal, kaj je njihova Ahilova peta. „Kače jih ohranjajo pri življenju!" je zakričal. „Odstraniti moramo kače."

Brandy je bila že dovolj blizu, da je lahko udarila Alli. Na žalost je bila tudi dovolj blizu, da bi jo Allijeva kača lahko ugriznila - kar se je tudi zgodilo. Zvečer se je zgrudila, Mala Dorrit pa je pobegnila, vendar je bilo prepozno, Brandy je bila že mrtva.

„Odpelji jo od tod!" E-Z je zakričal in Mala Dorrit je odletela v nebo, pri tem pa jokala.

„Z njo bo vse v redu," je rekel E-Z.

„Ne verjamem," se je zasmejala Alli. „Naše kače niso s tega sveta. Če te ugrizne ena od njih, ne glede na to, kakšne moči imaš, ne bodo delovale. Toda ostali bomo naokoli in počakali, če želite. Ko se ne bo vrnila, bomo preostanek vaše ekipe razstrelili na koščke!"

„Dete!" E-Z je vzkliknil.

Sobo se je pognal v akcijo, napadel kačje oči in jih enega za drugim potegnil ven ter jih spustil na tla. Ko je končala z Alli, se je lotila Meg, nato pa še Tisi. Ko je končala svojo nalogo, je bila babica preveč izčrpana, da bi lahko storila karkoli drugega, kot da bi pristala ob vnuku in se vrnila v svojo človeško podobo.

„Ampak Sobo,“ je rekel Haruto, “tudi jaz se želim boriti.“

„Preostalo naj naredijo oni,“ je rekla. „Preveč sem utrujena, da bi te nosila.“

Sobo in Haruto sta opazovala, kako so preostali člani ekipe končali kače.

Furije so odprle in spet zaprle usta, vendar iz njih ni izšel noben zvok. Poleg tega, da so bili brez glasu in so bledeli, so njihova telesa poskušala ostati na površju, medtem ko je kri v njihovih žilah kapljala in kapljala.

E-Z-ov voziček se je premikal pod njimi, lovil kapljice in mešal kri Furij z drugimi vzorci, ki jih je zbral.

„Mrtvi sta,“ je potrdil E-Z, ko so prazna oblačila Furij kot črni duhovi plavali proti tlom.

Vendar še ni bilo konec.

ZA E-Z JE PEŠČENI val dvignil glavo in ko je zagledal prebodene oči okoli sebe - oči vseh svojih otrok -, je ta mati vseh kač počasi oživela.

Sam, ki je gibanje opazil prvi, je zakričal: „Pazi, E-Z!" In ko ni slišal njegovega klica, so se mu pridružili Lia, Charles, Haruto in Sobo.

Lachie je slišala njihove klice in zagledala kačo, ki se je, kot je slišala, polulala proti E-Z. Pogledal ji je v oči in rekel: „NE!"

Za sekundo ali dve se je kačja mati nehala premikati in videti je bilo, da je slišala in razumela Lachiejev ukaz, nato pa je v njenem očesu opazil migetanje. „Kača E-Z!" je zaklical, ko je Baby odprl usta in izstrelil ogenj v smeri E-Z in kačje matere.

E-Z-ju so zagoreli lasje, zato jih je pogladil, nato pa mu je stol padel na tla.

Dojenček je še naprej bruhal ogenj proti velikanski matični kači, dokler ni zgorela do tal. Namesto smradu, ki so ga povzročale Furije, je zrak zdaj napolnil piščančji vonj, kakršnega je bilo mogoče najti na katerem koli dvoriščnem žaru.

„Uh, hvala, Baby in vsi," je rekel E-Z in si s prsti pogladil sredino las. Odstranil je del, ki je bil podoben ščetinam.

„Zraslo bo nazaj," je rekel Sam, ko so se tla pod njihovimi nogami spet začela

**THRUM**

**IN DRUM**

E-Z-ov invalidski voziček se je sam od sebe dvignil od tal in začel deževati s kapljicami krvi v kraterje, ki so se odprli v tleh.

„Kaj se dogaja?" Alfred je vprašal.

Pod njim je invalidski voziček še naprej krvavel in ga premetaval z mesta na mesto. „Kapljica tu in kapljica tam," si je v mislih ponavljal. Na tleh je njegova ekipa ponavljala iste besede, ki so se mu vrtele v glavi: „Kapljica tu in kapljica tam," nato so skupaj dokončali pesem: „Kapljica, povsod," in začeli znova. Zavrtel je z glavo... ali so mu vsi brali misli?

Pod njihovimi nogami se je zemlja nadaljevala.

**DRUMMING**
**DROBENJE.**
**PREVZEMLJIVO.**
**ZGODOVINA.**

Lia se je dvignila s tal, razprla roke, kolikor so segale, z glavo nazaj in očmi, uprtimi v nebo. In nad njo se je nebo razprlo. Začelo je deževati, a ko sta udarila ob pločnik, so bile lise rdeče. Nebo je jokalo krvave solze, medtem ko se je Lia zibala in vrtela v zraku kot marioneta brez vrvic.

Ostali, razen Baby in Lachieja, so stekli na verando, da bi se izognili krvavemu dežju, niso pa mogli storiti ničesar glede Lije, ki je še vedno visela in bila v transu.

„Mi bomo poskrbeli, da ne bo padla," je rekel E-Z, "ostali pa se skrijte."

**PULSING.**
**TLAČENJE.**

Nato se je blisknilo .

Sledil je **grom.**

Nadangel Mihael se je prebil skozi pregrado in poletel navzdol, dokler ni bil blizu E-Z.

„Razumem, da imaš situacijo pod nadzorom," je rekel Mihael.

„Da, esence Furij so v tem USB-ju."

„Vrzi mi ga," je rekel Michael.

E-Z je, kot da bi vrgel žogico za baseball na drugi metu, izstrelil USB v smeri Michaela, ki je segel po njem, ga ujel in zaprl v led. „Jaz, Eriel, bom imel družbo," je rekel Michael. „Vsi bodo do konca večnosti ostali v ledu. Oh, in mimogrede, dobro delo za vse!" Nato je tako hitro, kot je prišel, odletel.

„Kaj pa Lia?" E-Z je zakričal, vendar Michael ni odgovoril.

Zemlja je začela pulzirati in se zvijati, čeprav Furije ni bilo več na njej, kri pa ni več tekla ne z neba ne z njegovega vozička.

Lia je še vedno lebdela z očmi, usmerjenimi v nebo, ki se je iz krvavih solz spremenilo v modro, pod njihovimi nogami pa so se zemeljski kraterji zacelili s travo, drevesi in cvetovi.

Nato je vse utihnilo, saj je Lia, še vedno v transu, splavala nazaj na tla. Na tleh je ležala s še vedno široko razprtimi rokami, na hrbtu je čutila travo in se izčrpano nasmehnila, ko se je zmanjšala in se vrnila v svojo pravo starost, ki je bila devet let in pol.

„Si v redu?" E-Z je vprašal, ko so se okoli njega zbrali lisica, modra sojka, rakun, kardinal in jelen.

Lia je odprla oči in iz njih je lahko videla. Pogledala je svoje roke in te so bile kot nekoč.

„V redu sem," je rekla, ko ji je Lachie pomagal vstati.

Sam je takoj opazil, da se hčerkina oblačila ne prilegajo več. Odstranil je svoje superherojsko ogrinjalo in ji ga ovil okoli ramen.

„Hvala, oče," je rekla Lia.

To je bilo prvič, da ga je tako imenovala, in še nikoli se ni počutil tako ponosnega, saj mu je po licu stekla solza.

M ODRINA NA NEBU SE je zdela svetlejša, kot da bi zvezde mežikale z očmi, čeprav je bil dan, trava na tleh pa je plesala v sončnih žarkih, kot da bi bila v njej diamantna rosa.

Niti E-Z niti noben član njegove ekipe ni mogel spregovoriti. Nihče ni želel prekiniti tišine ali motiti lepote, ki so ji bili priča.

**ŠEPETANJE.**

**ŠEPET ŠEPET.**

**ŠEPETANJE ŠEPETAJOČE ŠEPETANJE.**

Listje, ki je pihalo v vetru. Izdajo človeku podoben zvok. Toda to ni bil veter, temveč glas otrok po vsem svetu, ki so se ponovno rodili.

Tistih, ki so jih Furije ugrabile, potisnile njihova telesa iz zemlje in ugotovile, da so se jim vrnili glasovi.

Otroci so se ponovno naučili hoditi, teči ali se plaziti in njihovi kriki so odmevali po vsem svetu:

„Hočem mamo!" so kričala prerojena telesa otrok, ki so bila brez duše.

„Hočem svojega očeta!" so v en glas kričali ti prerojeni otroci:

**„WAH, WAH, WAH**!"

**„WAH, WAH, WAH**!"

**„WAH, WAH, WAH**!"

Brezdušni malčki so se premikali na robove, potovali v kraje, njihovo gibanje pa je bilo hitrejše od hitrosti svetlobe, medtem ko so še naprej jokali:

„Hočem mamo!"

„Hočem svojega očeta!"

**„WAH, WAH, WAH**!"

**„WAH, WAH, WAH**!"

**„WAH, WAH, WAH**!"

V Dolini smrti, kjer so hranili in skladiščili lovilce duš,

**POP**

**POP**

Vrata so se razletela kot roke in duše so izstopile, iskale so telesa, v katerih naj bi še vedno bile, in sledile so krikom otrok.

„Hočem mamo!"

„Hočem svojega očeta!"

**„WAH, WAH, WAH**!"

„**WAH, WAH, WAH**!“

„**WAH, WAH, WAH**!“

Duše so letale od otroka do otroka. Iskale so dom, v katerega spadajo. Bilo je, kot da bi opazovali otroke, ki se igrajo igrico, ko vsaka duša pride do telesa, v katerem se je rodila, in vstopi vanj. Duše in telesa so spet postale eno.

**SHHHHHHHHH.**

Za trenutek so bili malčki spet srečni otroci in zrak so napolnili zvoki navdušenja.

V Dolini smrti sta Hadz in Reiki preusmerila brezdomne duše po vsem svetu, ki so se skrivale, saj niso imele lastnih Lovilcev duš. Ena za drugo so vstopile duše in zemlja se je začela zdraviti.

Samantha je prišla iz hiše in v naročju nosila svoja otroka Jacka in Jill, medtem ko jima je tiho pela: „Tiho, otročiček, ne joči.“

**POP.**

**POP.**

Pojavila sta se Hadz in Reiki: „Uspelo nama je!“

E-Z in njegova ekipa so se objeli. Jokali so in se smejali. Nato so spet jokali zaradi izgube enega od članov svoje ekipe. Zaradi izgube enega od njih: Brandy.

Lijin telefon je zazvonil. Bilo je sporočilo Brandy: „Prišla sem v nakupovalno središče - spet! Upam, da so vsi v redu in da smo premagali čarovnice!"

„Brandy je živa!" Lia je razložila, nato pa ji je poslala sporočilo: „Zagotovo smo zmagale! S podrobnostmi te bom seznanila pozneje."

„AHRHHRGHHHHH!" Charles Dickens je zavpil. Njegovo telo se je treslo in drgetalo. Ko se je ustavilo, je bil v transu z brezizraznim pogledom na obrazu in z iztegnjenimi dlanmi, obrnjenimi navzgor.

„Ali je dobil moje oči na dlaneh?" Lia je vprašala.

Ko je z neba padla knjiga - največji zvezek s trdimi platnicami, kar sta jih kdaj videla - in pristala v Charlesovih rokah, ga je sama sila skoraj vrgla s tal. Charles se je umiril, medtem ko se je ogromna knjiga odprla in obračala svoje strani, dokler se ni iz njene notranjosti oglasil glas:

**„Jaz sem Potopis alternativnih svetov."**

Čeprav je glas prihajal iz notranjosti knjige, so se ustnice Charlesa Dickensa sinhronizirale z vsako besedo, v ozadju pa je še vedno odzvanjal otroški jok:

**„WAH, WAH, WAH**!"

**„WAH, WAH, WAH**!"

**„WAH, WAH, WAH**!"

„Hočem mamo!"

„Hočem svojega očeta!"

**„WAH, WAH, WAH**!"

**„WAH, WAH, WAH**!"

**„WAH, WAH, WAH**!"

„Lačen sem!"

„Žejen sem!"

Otroci, ki so nekoč živeli najbližje E-Z-ovi hiši, so drug ob drugem korakali proti njej.

**„Poslušajte me!"** Potopis iz alternativnih svetov je govoril samogovor.

**"To je enkratna ponudba.**

**Če ste izbrani, se morate odločiti.**

**Samo enkrat, z zmago ali porazom.**

**Ne dovolite, da vam ta priložnost uide.**

**Ker se ne bo ponovila na noben drug dan."**

Strani so se pomaknile naprej, nato nazaj. Naprej in nazaj. Listanje se je ustavilo na nekem poglavju. Poglavje z naslovom Alfred. Tam so bile njegove fotografije z družino. Vsi starejši. Vsi zdravi in zdravi. Na fotografijah ni bil več Alfred, labod trobentač. Bil je Alfred, oče, mož, moški.

Alfred je s solzami v očeh pogledal na E-Z. Pogled, ki sta si ga delila, je povedal vse. Moral je oditi. E-Z je prikimal.

Nato se je Alfred obrnil k Lia. Tudi ona je prikimala, saj je vedela, da mora oditi.

Alfred, labod trobentač, je stopil v poglavje, ki je nosilo njegovo ime, in se spremenil nazaj v človeka. S strani potopisa Alternativni svetovi je pomahal svojim prijateljem.

Zdaj so se strani Potopisov alternativnih svetov vrnile na začetek knjige. Strani so se vedno znova premikale naprej in nazaj, nazaj in naprej, nazadnje so se ustavile pri novem poglavju. Poglavje, ki je bilo poimenovano za Lachieja.

Na fotografiji je bil Lachie še dojenček. Starši so ga iz porodnišnice odpeljali domov. Dojenček na fotografiji je nosil bolnišnično zapestnico, ki je razkrivala, da je Lachiejevo pravo ime Andrew.

„Ne, hvala,“ je rekel Lachie. „Z dojenčkom bova kmalu odšla domov.“

Potovalnik Alternativni svetovi se je zaloputnil s takšno silo, da je Charles skoraj padel. Ko si je opomogel, se je knjiga spet začela obračati. Nazaj, naprej. Premetaval je strani kot kup kart, dokler ni pristal na poglavju z naslovom Haruto. Na fotografiji je bil z mamo in očetom.

„Ne, hvala,“ je takoj rekel Haruto. Vzel je Sobovo roko v svojo in rekel Lachieju: „Ali bi naju lahko odložil na Japonskem na poti domov?“

Lachie je prikimal: „Vesel sem družbe.“

Tokrat so iz knjige, preden se je zaprla, švignili plameni in Charles jo je skorajda spustil.

Otroški kriki brez odgovora so se nadaljevali in postajali vse glasnejši, ko so se bližali E-Z-ovemu domu:

„Hočem mamo!“

„Hočem svojega očeta!“

„Lačen sem!“

„Žejen sem!“

„**WAH, WAH, WAH**!“

„**WAH, WAH, WAH**!“

„**WAH, WAH, WAH**!“

Charles je zaprl oči.

„Je to to? je vprašal E-Z.

„Kaj pa mi?“ Lia je vprašala.

Charlesove roke so se začele tresti. Kot da bi mu na roke pritiskala teža knjige. Nato se je knjiga zaloputnila s tako močjo, da se je spotaknil in se usedel. Prekrižal je eno nogo čez drugo in si knjigo stisnil k prsim.

Spet se je odprla, prav tako kot Charlesove oči, in strani so se spet premikale kot morske trave na dnu oceana. Knjiga se je spet zaprla. Nato se je obrnila na hrbet. Na sredini knjige se je pojavil okvir. Sprva je bil prazen, kot da na nekaj čaka. Nato je utripnil in začel se je film.

Na stadionu Dodger se je že začela tekma bejzbola. Dodgersi so igrali z Brewersi. E-Z Dickens je bil lovilec. Bil je za ploščo in igral kot profesionalec. Na tribunah so bili njegovi starši, ki so ga spodbujali tik nad kopališčem.

**ZEMLJA PAUZA.**

Za nekaj sekund je bila sončna svetloba zakrita, ko je Ophaniel izbruhnila na nebo in se usmerila proti njim.

„E-Z, preden se odločiš, sem ti želela povedati, da bo vse, za kar se boš odločil, imelo posledice za druge."

„Kakšne?" je vprašal in ni odvrnil pogleda od uokvirjene različice sebe in svojih staršev, čeprav se v njej nista več gibala.

„Pomisli na nesrečo ... kaj se na svetu ne bi zgodilo, če tvoji starši ne bi nikoli umrli? Če ne bi nikoli izgubil uporabe svojih nog?"

Pogledal je v smeri strica Sama, nato pa na Samantho, Lio in dvojčici. Brez nesreče se nihče od njih ne bi srečal. Dvojčka se ne bi nikoli rodila.

„Če se bom odločil, da grem in uresničim svoje sanje, kaj se bo zgodilo tukaj?"

„To je tveganje, ki bi ga moral prevzeti, in odgovor, ki ti ga ne morem dati. Vem pa to, da si ti katalizator in lepilo."

„Dobro, hvala, da si mi to povedal."

**ZEMLJA RESUME**

Ophaniel je odšel.

„Ne, hvala," je rekel E-Z.

Opazoval je, kako se s starši izgublja. Zaslon je bil prazen. Okvir je izginil in knjiga se je začela dvigovati. Vstajala je, vstajala, iz Charlesovih rok.

Charles je stal, kot da bi jo še vedno držal v rokah. Gledal je predse in se zazrl v nič.

Ko se je knjiga znašla daleč nad njima, je zagorela. Sipala je in smrdela, preden so bili njeni ostanki dovolj majhni, da jih je dvignil veter. In Potopisov alternativnih svetov ni bilo več.

Charles se je vrnil k sebi, ko so otroci množično prihajali na E-Z-ovo ulico.

„Hočem mamo!"

„Hočem svojega očeta!"

„Lačen sem!"

„Žejen sem!"

**„WAH, WAH, WAH**!"

**„WAH, WAH, WAH**!"

**„WAH, WAH, WAH**!"

„Ali jim lahko povem zgodbo?" Charles je vprašal.

„To ne bi škodilo," je rekla Lia.

Charles je začel pripovedovati zgodbo o treh balvanih. Otroci so se nehali premikati, prenehali so jokati, saj so viseli na vsaki njegovi besedi - dokler se ni nenadoma ustavil.

„Oh, boter!" je zakričal in opazil, da vsak njegov delček bledi in izginja, kot da ima zemlja težave s prenosom njegovega signala.

„Počakaj!" E-Z je rekel. „Ali imaš kakšen nasvet za kolega pisatelja?"

„Obstajajo knjige, pri katerih so hrbtna stran in platnice najboljši deli - naj tvoja ne bo ena od teh. Vse vas bom pogrešal!"

Nekateri pravijo, da se je v tistem trenutku spustil žarek svetlobe, ga dvignil s tal in Charlesa Dickensa odnesel v nebo. Nekateri pravijo, da je odpotoval na Mali Dorrit in da ju nihče več ni videl. Vse, kar so vedeli zagotovo, je, da jih je Charles Dickens tistega dne zapustil in da ga niso nikoli več videli.

**„WAH, WAH, WAH!"**

**„WAH, WAH, WAH!"**

**„WAH, WAH, WAH!"**

**FIZZLE POP**

Prišel je lovilec duš. Odprl je vrata in v zrak izstrelil petarde.

Nekatere dojenčke je hrup prestrašil, nekaterim je bil všeč, v vseh primerih pa so nehali jokati.

Ko je v zrak izstreljevala barve, so se zlili in skupaj izrekli naslednje:

**IZSTOPI IZSTOPI IZSTOPI**

**KJERKOLI ŽE STE!**

„Kaj hoče?" E-Z je vprašal. „Ali bolje rečeno, KOGA hoče?"

„Ali sem to jaz?" Sobo je vprašal.

„Ne, to je zame," je rekel glas za njimi. To je bil Rosalijin glas.

Vsi so se obrnili proti nečemu in pričakovali, da bodo videli duha ali duh, vendar to, kar so videli, ni bilo nič od tega. To je bilo Rosalijino bistvo ... to je bilo vse, kar so vedeli.

„Zbogom, draga Rosalie!" Sobo je poklical.

To je bilo pravo slovo za Rosalijino bistvo, saj so E-Z in njegova ekipa kričali, mahali, ji metali poljubčke in navijali zanjo. To je bilo pravo praznovanje vsega, kar jim je pomenila, ko so njihovi dragi prijatelji stopili v njen lovilec duš in ta je odletel.

Zdaj, ko Charlesa ni bilo več, so otroci spet začeli jokati,

„**WAH, WAH, WAH**!“

„**WAH, WAH, WAH**!“

„**WAH, WAH, WAH**!“

V ozadju se je zaslišal nov zvok. Zvok nog, številnih nog, ki so tekle - hitro.

Ko so pritekle na E-Z-ovo ulico, so se mamice in očki ter otroci ponovno združili s svojimi ljubljenimi in ta združitev se je zgodila po vsej zemlji.

„Bravo!“ E-Z je rekel svoji ekipi.

Pomahali so mu v slovo, ko so Lachie, Baby, Haruto in Sobo odleteli.

Zdaj sta ostala le še E-Z in Lia.

**ZAP!**

Prišla je prva Poppet.

**BONJOUR!**

Sledil mu je Francois.

„Ah, prepozni smo,“ je rekel. „Vse smo zamudili!“

Iz notranjosti hiše se je zaslišal Samanthin jok. „O ne, nekaj se dogaja z otrokoma!"

Vsi so stekli v otroško sobo. Jack in Jill sta trdno spala.

Sam je ženo objel z roko. „Zdi se mi, da sta v redu," je zašepetal.

„Ampak nista v redu!" Samantha je odvrnila.

„Vse bo v redu," je rekel Sam.

„Tudi meni se zdita v redu," je rekel E-Z.

„Samo počakaj," je rekla Samantha. „Samo počakajte in videli boste. Ne bi kričala, če ne bi ..." se je zalizala in se zleknila, kot da bi lahko padla.

Vsi so gledali in čakali. Deset, petnajst, dvajset ali celo trideset minut se ni zgodilo nič.

Potem pa se je nenadoma nekaj zgodilo.

Iz Jackovih in Jillinih drobnih teles sta izhajali rumena in zelena svetloba.

„Hadz? Reiki?" E-Z je vzkliknil.

**POP.**

**POP.**

Jack in Jill sta se usedla, kot bi to znala storiti starejša otroka. Tega Jack in Jill še nista znala.

Samantha je omedlela, Sam pa jo je ujel.

„Kaj za vraga počneta?" E-Z je zahteval. „Pojdite od tam - takoj!"

Hadz je rekel: „Za nagrado sva prosila, da bi postala človeka.“

„Reiki je rekel: „In potrebovali smo telesa.“

„O, brat,“ je rekel E-Z, ko je nekdo potrkal na vhodna vrata.

„Je kdo doma?“ PJ in Arden sta vprašala.

# EPILOG

E-Z JE VNESEL BESEDE: **KONEC**. Zadovoljen, da je končal serijo štirih knjig, je zaprl prenosni računalnik.

„Pohiti, E-Z!" je zakričal moški za njim.

E-Z je snel masko lovca in se ozrl naokoli. Bil je za ploščo in lovil za Los Angeles Dodgers. Sodnik je brisal ploščo. Vstal je in se odpravil v boks, saj je bil zadnji igralec, ki je zapustil igrišče.

Prepoznal je nekaj igralcev, ko se je pomikal po igrišču in jim tesno sledil.

S prsti si je pogladil lase, ki so bili vsi svetli. Bili so krajši in bolj pristriženi, kot jih je imel kdaj koli prej. In bil je višji, zagotovo je imel več kot 180 cm.

Kaj za vraga se je dogajalo? Je spal? Ščepnil se je. Bolelo ga je.

„Na palubo, E-Z!" je zakričal trener.

Poiskal je monitor in si ogledal svoj odsev. Gledal se je, kot da bi bil tujec.

„Zemlja za E-Z," je rekel njegov trener.

„Žal mi je, trener," je rekel E-Z in se odpravil proti hangarju za opremo v kopališču. Njegova palica je bila označena, tako kot vsa ostala oprema. Nadel si jo je in stopil v krožišče na parketu.

Nastavil si je ščitnike za komolce in se pripravil na prvi met. Skupaj s soigralcem na metu je naredil nekaj vadbenih zamahov. Med čakanjem je na tribuni za kopališčem opazil gibanje. Njegova mama in oče.

„Daj, dobi jih, sin!" je zaklical njegov oče.

Dvignil je palec staršem in opazoval, kako je njegov soigralec odskočil in varno prišel do prve baze.

E-Z je stopil v prostor za odbojko, odšteval čas, se vrnil nazaj in nekajkrat globoko vdihnil.

*Zberi se*, si je rekel. *Ne želim razočarati ekipe. Osredotočite se. Koncentriraj se.*

Dvignil je roko, da bi dal sodniku vedeti, da je pripravljen, in se vrnil na ploščad.

„Daj, E-Z!" ga je poklicala mama.

Osredotočil se je in opazoval, kako je prvi met odletel mimo. Verjetno več kot sto kilometrov na uro. Pripravil se je na drugi met. Zamahnil je in zgrešil. Njegov soigralec je ukradel met in varno pristal na drugem metu.

*To je preveč. Nisem pripravljen. Moram se zbuditi. Prebuditi se moram - ZDAJ.*

Drugi met je poletel mimo. Zamahnil je, vendar ni zadel. Prišel je tretji met in z njim se je povezal. Gledal je, kako je njegov soigralec skušal priti do tretjega meta, vendar je bil izločen. Skoraj mu je uspelo priti na prvo, vendar je druga ekipa dosegla dvojno igro. Ko sta bila dva outa, se je vrnil v kopališče, da bi si nadel opremo za lovljenje.

„Naslednjič jih boš dobil!" mu je rekel oče.

Čeprav mu ni uspelo priti do meta, je bil v svojih sanjah. Živel je svoje sanje. Toda kako? Zavrnil je ponudbo iz potopisnega zbornika Alternativni svetovi.

Spravite me od tu! Ne želim, da je tako! Kje je stric Sam? Kje je Lia? Kje sta dvojčka?

Glavo mu je napolnil smeh, ko je padel na tla in še naprej padal. Dokler ni z udarcem pristal na lesenih tleh, v koči ali baraki. V nekaj sekundah po njegovem pristanku je v njej izbruhnil plamen.

Na drugi strani sobe je sedela majhna deklica. Najprej je mislil, da je Lia, vendar je imela ta deklica rdeče lase. Poskušal jo je zbuditi, vendar se ni premaknila.

Za njim so se vhodna vrata vrgla s tečajev. Vanj je vstopila temna, zavita postava, ki ji je družbo delala nižja postava s kapuco na glavi. Med njima sta dekle odnesla ven.

„Pomagajte mi!" je zaklical.

„Pomagaj si!" je rekel ženski glas, višja od obeh figur, ko so se okoli njega začele rušiti stene.

Bil je spet na stadionu, na hrbtu na tleh in gledal v oči svojih staršev.

„Vse bo v redu," sta mu prigovarjala.

# Zahvala

Dragi bralci,

prišli smo do konca serije E-Z Dickens. Upam, da vam je bilo pri branju tako všeč, kot je bilo meni pri pisanju.

Ker ste bili z mano skozi vso to serijo, se za konec zahvaljujem vam, mojim bralcem. Odlični ste!

Kot vedno, srečno branje!

Cathy

# O avtorju

Večkrat nagrajena avtorica Cathy McGough živi in piše v Ontariu v Kanadi z možem, sinom in dvema mačkama.

# Tudi avtorji:

OTROŠKE KNJIGE